삶이 나에게 주는

행복 여행

삶이 나에게 주는

행복여행

김태광 지음

미래북
miraebook

삶이 우리에게 주는 선물

며칠 전 한 소녀로부터 한 통의 메일을 받았습니다. 거기에는 학교 생활에서 느끼는 답답함과 친구들 속에서의 소외감에 대해 적혀 있었습니다. 그리고 마지막에는 이렇게 적혀 있었습니다.

〈선생님께서도 학창시절에 지금 제가 느끼는 절망과 괴로움을 느끼셨을 테지요.〉

나는 메일을 서너 번 읽어보았습니다. 내용 중에서 마지막에 적힌 한 문장이 한동안 나의 머릿속을 떠나지 않고 물결처럼 일렁거렸습니다.

상대방을 짓밟고 올라가지 않으면 도태되는 사회, 갈수록 더욱 치열해지는 입시 경쟁은 좋은 친구들을 경쟁자로 만듭니다. 그러다 보니 언제부턴가 다른 사람들과 작은 것 하나까지 나누던 따뜻한 마음이 지금은 내 것 챙기기에만 급급해졌습니

다. 그리고 사람들의 얼굴에는 따뜻한 미소 대신 속을 알 수 없는 가식적인 웃음만 질펀합니다.

그렇습니다.

우리는 그동안 길가에 버려져 있는 휴지 하나 줍지 않았습니다. 몸이 불편한 사람들을 위해 마련해 놓은 의자에 부끄러움 하나 없이 앉았습니다. 그러나 이젠 달라져야 합니다. 상쾌한 분위기를 함께 누리기 위해 길에 버려져 있는 휴지를 줍고, 내가 앉아 있는 의자를 힘들어하는 사람을 위해 기꺼이 내어 주어야 합니다.

여러분, 이 세상이 아름다운 건 좋은 사람들이 있기 때문입니다. 그리고 좋은 사람들이 가꾸어 가는 사랑이 있기 때문입니다. 사랑은 사람과 사람 사이의 관계를 향기롭게 하고, 아

　름답게 합니다. 때로 절망이나 고통을 치유하고 회복시켜줍니다.

　대부분의 사람들은 꽃이 아름다운 건 향기가 있기 때문이라고 말합니다. 하지만 꽃보다 더 아름다운 것이 있다면 무엇일까요?

　바로 여러분입니다. 꽃보다 더 아름다운 존재가 사람입니다. 사람의 마음속에는 그윽한 향기와 함께 사랑이 담겨 있기 때문입니다.

　세상이라는 꽃밭에는 수많은 사람들이 살아갑니다.

　제각기 다른 모습과 생각으로 자신에게 주어진 길을 묵묵히 걸어가는 사람들. 화려하지 않으면서 수수한 모습이 아름다운 사람들. 그런 사람들에게서는 사람 냄새가 묻어납니다.

　우리는 너무나 가까이 있기에 곁에 있는 사람들의 소중함을 망각하며 살아갑니다. 너무 늦기 전에 가까이 있어 소홀히 여겼던 사람들을 한번쯤 꼭 껴안았으면 합니다. 그러다 보면 겨울이 지나고 따뜻한 봄이 오듯이, 지금의 힘든 시기가 지난 후 기쁜 일들이 가득 찾아들겠지요.

　이 책이 갈수록 치열해지고 각박해지는 세상에 어머니의 손길 같은 따스함으로 많은 이들의 마음을 따뜻하게 데워주었으면 좋겠습니다.

마음경영 전문가 김태광

contents

Chapter 3 　내가 만들어 가는 운명 ··· 85

c o n t e n t s

지혜의 소금창고

"우리는 지식과 능력, 건강 등
모든 것에 한계가 있다는 것을 잊어선 안 된다.
또, 자신만이 모든 것에서 뛰어나다는 생각은
실패라는 지하실로 들어가는 출입증과 같다."

세상에 치명적인 절망은 없다

극도의 절망감에 사로잡힌 쉰두 살의 남자가 노만 빈센트 필 박사를 찾아와 말했습니다.

"이제는 끝장났어요. 저는 사업에 실패하여 모든 것을 잃었습니다."

필 박사가 말했습니다.

"모든 것을요? 정말 그런지 우리 함께 당신에게 남아 있는 것을 찾아봅시다. 먼저 부인은 계십니까?"

"예, 좋은 아내입니다."

필 박사는 '좋은 아내'라고 적었습니다.

"자녀들은 있습니까?"

"예, 귀여운 세 아이가 있습니다."

필 박사는 또 '귀여운 세 아이'라고 적었습니다.

"네에, 그리고 친구는요?"

"좋은 편입니다. 잠깐, 박사님……."

대답하던 남자가 멈칫하더니 잊어버린 기억이라도 되찾은 듯 말했습니다.

"어쩌면 내 사정이 그렇게 나쁜 것만은 아닌지도 모르겠군요. 지금 박사님의 말씀을 듣고 다시 생각하니 나는 아직 많은 것을 가지고 있네요."

사람은 누구나 살다보면 여러 번 지옥 같은 절망에 빠집니다. 사업의 실패나 실연, 건강상의 이유 등으로 견디기 힘든 고통과 절망도 겪게 되지요. 그럴 때에는 대개 다시는 일어설 수 없을 것 같은 두려움을 느낍니다. 그러나 어느 심리학자는 이렇게 말했습니다.

"절망에 빠져 있는 대부분의 사람들의 사정을 세밀하게 체크해 보면 꼭 그렇게 절망적이지 만은 않다"

그렇습니다.

사실 힘들거나 슬픈 일이 있을 때에는 그일 하나만을 생각하고 바라보기 때문에 어두운 감정이 생겨나는 것입니다. 그러한 일은 작은 부분에 불과하지요. 다시 말해서 인생 전체를 바라보면 그리 치명적인 절망이 될 수 없습니다.

산의 가까이에서는 꼭대기를 볼 수 없듯이 우리의 삶에서도 절망, 그 바로 밑에서는 안정을 찾기가 어렵습니다. 그러하니 절망이나 힘든 일 하나에 당황하지 말고 인생 전체를 바라보는 지혜를 지녔으면 좋겠습니다.

실수의 결과

날씨가 몹시 추운 날 밤, 한 여인이 어린 아들을 데리고 열차를 탔습니다.

그녀는 자신이 내려야 할 역을 정확히 알지 못했기 때문에 매우 불안해하였습니다.

그때 한 남자가 그 부인에게 말했습니다.

"걱정 마십시오, 부인. 제가 이 길을 잘 알고 있습니다. 부인께서 내릴 역이 되면 말씀드리겠습니다."

기차가 여러 정거장을 지나 한 곳에 멈추자 그 남자가 부인에게 말했습니다.

"부인, 여기가 그곳입니다. 서둘러 내리세요."

여인은 고맙다는 인사를 한 후 아이를 데리고 내렸습니다. 그런데 그녀가 내린 다음, 스피커에서 다음에 멈출 역의 이름을 말했습니다. 그런데 바로 그 역이 조금 전에 내렸던 부인이 내리고자 했던 역이었습니다. 남자는 다급하게 차장에게 물었습니다.

"여보시오, 조금 전에 멈춘 역이 지금 당신이 말하는 역 아니었습니까?"

"아닙니다, 선생님. 조금 전에 멈추어 섰던 것은 열차에 약간의 고장이 있어 그것을 수리하기 위해서였습니다."

남자는 깜짝 놀라서 말했습니다.

"오오! 큰일 났습니다. 저는 조금 전에 멈춘 곳이 그 역인 줄 알고 그 곳에 한 부인과 아이를 내리게 했단 말입니다."

다음 날, 사람들은 텔레비전에서 한 부인이 아들을 꼭 껴안은 채 얼어 죽어 있었다고 보도하는 뉴스를 들었습니다.

모든 일은 정확하고 진중하게 하여야 합니다. 일을 그냥 대충 한다면 그 일로 인해 난관에 빠질 수 있습니다. 정확하게 하지 못한 다면 차라리 않는 것보다 더 못하지요. 확실하지 않은 정보를 타인에게 알려준다면 그 타인이 어려운 곤경에 처할 것임은 불 보듯 뻔합니다.

작은 일이라 하더라도 정확하게 하는 것이 중요합니다.

작은 부품 하나로 인해 큰 공장의 기계들이 멈추어 설 수 있습니다. 마찬가지로 대충 알고, 대충 하는 것은 나중에 큰 혼란으로 이어진다는 것을 명심하십시오.

진중한 말의 선택

프랑스의 시인 로제 카이유의 일화입니다.

"저는 태어날 때부터 장님입니다."

이런 팻말을 목에 걸고 파리의 미라보 다리 위에서 구걸을 하고 있는 한 장님이 있었습니다. 그 곁을 지나가던 한 사람이 이렇게 하루에 구걸하는 돈이 얼마나 되느냐고 물었습니다. 그러자 그 걸인은 슬픈 목소리로 10프랑 정도밖에 안된다고 대답했습니다.

그 말을 들은 그 사람은 고개를 끄덕이고 나서 걸인의 목에 걸려 있는 팻말의 구절을 다른 말로 바꾸어 써서 걸어 주었습니다.

그로부터 한 달 정도의 시간이 지나갔습니다. 그 사람이 그곳에 다시 나타났을 때 장님은 그의 손을 붙잡고 감격해하며 물었습니다.

"참으로 고맙습니다. 선생님께서 팻말의 말을 다른 말로 바꾸어 주신 뒤부터 하루에 50프랑까지 수입이 오르니 대체 어떻게 된 연유인지 모르겠습니다. 도대체 무어라고 바꾸어 놓으셨기에 이런 놀라운 일이 생긴 것인지요?"

그 사람은 빙그레 웃으며 이렇게 대답했습니다.

"별다른 게 아닙니다. 원래 당신이 걸고 있던 팻말에는 '저는 때어날 때부터 장님입니다.' 라고 쓰여 있더군요. 그래서 내가 그 말 대신 '곧 봄이 온다 해도 저는 그 봄을 볼 수 없답니다.' 라고 바꾸어 썼을 뿐입니다."

우리가 쓰는 말 한 마디에 따라 그 영향력은 생각 밖으로 크게 나타납니다. 생각 없이 던진 말 한마디로 인해 상대방이 상처를 입을 수도, 굴욕감을 느낄 수도 있습니다.

말이 겉으로 보이지 않는다고 해서 함부로 해선 안 됩니다. 누군가와 대화를 할 때에는 항상 생각해서 해야 합니다.

좋은 말 한마디로 평생 우정을 나눌 수 있는 친구를 얻을 수 있습니다. 반대로 평생 적의를 품게 하는 나쁜 상황을 초래할 수도 있습니다.

사랑

　어머니와 단둘이 사는 청년이 있었습니다.

　어느 날, 청년은 외출에서 돌아오다가 뜻하지 않게 교통사고를 당했습니다. 소식을 듣고 몹시 놀란 어머니가 가슴을 졸이며 병원으로 달려갔을 때는 불행히도 청년은 이미 두 눈을 모두 실명한 후였습니다.

　멀쩡하던 두 눈을 순식간에 잃어버린 청년은 깊은 절망에 빠져 자신에게 닥친 상황을 받아들이려 하지 않았지요. 그는 어느 누구와도 말 한마디 하지 않고, 마음의 문을 철저하게 닫은 채 우울하게 지냈습니다.

　곁에서 그 모습을 말없이 지켜보는 어머니의 가슴은 말할 수 없이 고통스러웠습니다.

　그런데 청년에게 기쁜 소식이 전해졌습니다. 이름을 밝히지 않은 누군가가 그에게 한쪽 눈을 기증하겠다고 한다는 것이었습니다. 하지만 깊은 절망감에 빠져 있던 그는 그 사실조차 기쁘게 받아들이질 못했습니다.

　그는 어머니의 간곡한 설득이 있은 후에야 눈 이식수술을 받았습니다. 그리고 한동안 붕대로 눈을 가리고 있었습니다. 그때도 청년은 정성으로 자신을 간호하는 어머니에게 앞으로 어떻게 애꾸눈으로 살아 가냐며 투정을 부렸지요. 하지만 어머니는 청년의 말을 묵묵히 듣고만 있었습니다.

시간이 지나 드디어 청년은 붕대를 풀게 되었습니다. 그런데 붕대를 모두 풀고 앞을 본 순간, 청년은 아무런 말도 하지 못하고 굵은 눈물방울만 뚝뚝 떨어뜨렸습니다. 그는 자기 앞에서 한쪽 눈만을 가진 안쓰러운 표정의 어머니를 보았습니다.

"두 눈을 다 주고 싶었지만 내가 장님이되면 너에게 짐이 될 것 같아서…."

어머니는 끝내 말을 다 잇지 못했습니다.

진정한 사랑은 자신이 가진 모든 것을 주면서도 아까워하지 않습니다. 심지어 하나뿐인 목숨을 주기도 하지요. 만일 누군가를 사랑하면서 이해득실을 따진다면 그것은 온전한 사랑이 아닙니다.

사랑은 사람을 한없이 깨끗하고 선하게 변화시켜줍니다. 주위에서 진정으로 사랑을 나누는 사람이 있다면 그를 잘 보십시오. 그의 얼굴에서는 항상 밝은 미소가 떠나지 않고 어린아이와 같은 순수가 보일 것입니다.

진정한 사랑은 하나를 주면서 두 개를 요구하지 않습니다. 오히려 더 줄 게 없어 가슴 아파하지요. 누군가를 진심으로 사랑하는 사람은 자신보다 그 사람이 더, 그리고 언제나 행복하기를 바랍니다. 그 사람이 행복하게 웃을 때 자신도 행복할 수 있고, 그 사람이 슬퍼한다면 그도 역시 슬퍼합니다.

대통령 봉급을 받은 철공

강철 왕 카네기가 어느 날 아침 공장을 둘러보는 중에 열심히 일하고 있는 한 철공의 곁을 지나가게 되었습니다. 그 직공의 일하는 모습이 너무 인상적이어서 카네기는 그의 옆에 멈추어 서서 계속하여 살펴보고 있었지만 그는 조금도 개의치 않고 오로지 자기 일에만 집중하고 있었습니다. 그의 얼굴에는 진지함과 자신감이 넘쳐흘렀습니다.

그 순간 카네기는 이런 생각을 했습니다.

"저 사람이야말로 이 공장을 맡겨도 책임감 있게 경영할 사람이다."

얼마 후 카네기는 그를 사장실로 불렀습니다. 그리고 공장을 맡아달라고 말했습니다.

그 말을 들은 철공은 고개를 저으며 말했습니다.

"사장님, 저는 다른 일은 못합니다. 평생 해본 일이라곤 쇳물로 철관을 뽑는 일밖에 없습니다. 그러니 그냥 지금의 일을 계속하도록 해주십시오."

놀란 쪽은 카네기였습니다. 보통 사람으로서는 꿈도 꾸기 힘든 사장이라는 자리를 그렇게 쉽게 거절하다니… 하지만 카네기는 그 철공의 마음을 이해할 수 있었습니다.

카네기는 기쁜 마음으로 말했습니다.

"나의 생각이 부족했소. 당신이야말로 우리 회사의 가장 중요한 보석입니다. 당신은 세계 제일의 철공이니 오늘부터 대통령만큼의 봉급을 주겠소."

그렇게 자신의 일에 최선을 다한 그 철공은 카네기 회사에서 가장 봉급을 많이 받는 사원이 되었습니다.

세상에는 나름대로 멋있는 사람이 참 많습니다. 그 중에서도 자신의 일에 열정을 쏟는 사람이 가장 멋있는 사람이 아닐까요? 그런 사람은 그가 특별히 나서지 않아도 존경을 받게 되지요.

추운 겨울과 뜨거운 여름을 견뎌 낸 나무가 맺는 열매는 튼실합니다. 이런 열매는 영양도 풍부하고, 빛깔뿐 아니라 그 향기 또한 그윽하지요.

이처럼 자신의 일에 최선을 다하는 사람에게 보상이 주어지는 것은 당연합니다. 그가 쏟아 온 노력과 수고는 훌륭한 가치로 남아 여러 사람에게 표본이 되기 때문이지요.

당신은 자신이 최선을 다했는데도 상사가 인정해주지 않아 속상했던 적이 없었습니까? 혹 그런 적이 있다하더라도, 그래서 당신이 행한 노력의 대가로 당장 어떤 보상이 주어지지 않았더라도 실망하지 마시기 바랍니다. 나무가 시련을 견뎌낸 후 맛있는 열매를 맺듯이 당신도 노력한 만큼의 열매를 수확할 날이 반드시 있을 테니까요.

행복의 소금창고

어느 음악회에서 일어난 일입니다.

오케스트라를 지휘하기로 한 가난한 음악가는 새 예복을 장만할 돈이 없어 옛날에 입던 낡은 예복을 입고 나갔습니다. 유럽에서는 연주회에 나가는 연주자는 예복을 입는 것이 예의이고, 그러한 불문율은 반드시 지켜지고 있었습니다.

그 가난한 지휘자는 대단히 정열적으로 지휘하던 나머지 팔을 너무 힘껏 휘두르는 바람에 그만 예복이 찢어져 속에 있던 셔츠가 보였습니다.

한 곡이 끝난 후, 그런 사실을 안 그는 실례를 무릅쓰고 겉옷을 벗어버리고 셔츠 차림으로 지휘를 하기 시작했습니다. 뒤에서 사람들이 킬킬거리며 웃는 소리를 들으면서도 그는 개의치 않고 열심히 지휘했습니다.

그때 맨 앞에 앉아 있던 한 귀족이 조용히 겉옷을 벗었습니다. 그러자 킬킬거리며 웃던 나머지 사람들도 순간적으로 조용해지면서 따라서 웃옷을 벗었습니다. 그렇게 해서 그 날의 연주는 매우 감격스럽고 성공적으로 마쳐졌습니다.

　세상 곳곳에는 우리가 미처 알지 못하는 아름다운 일들이 많습니다. 다만 마음을 감동시키는 이런 일들이 감추어져 있어 대부분의 사람들이 알지 못하는 것뿐이지요.

　요즘 우리 주위에서는 경기가 나빠 먹고 살기 힘들다는 소리가 무성합니다. 그러나 이런 어려운 현실 속에서도 이웃에게 사랑을 실천하는 사람들이 많습니다. 내가 아는 어느 식당 주인은 매주 화요일마다 무의탁 노인과 불우한 청소년들을 초대해 점심을 제공합니다.

　이렇게 마음이 가난한 사람들에게 힘을 주는 사람들은 알고 있습니다. 남에게 베풂으로써 얻는 행복과 기쁨은 그 무엇으로도 살수 없다는 것을.

　어려운 사람들을 업신여기거나 무시하기보다 감싸 안을 줄 아는 사람이 많았으면 좋겠습니다. 그래서 행복이 한 사람에게서 또 다른 사람에게로 이어져 세상의 모든 슬픔을 밀어내고 웃음만 넘치도록 채워주었으면 좋겠습니다.

인생의 등불, 책임의식과 신념

영국의 왕자가 사냥을 나갔다가 길을 잃고 헤매는 중에 한 목동을 만났습니다. 왕자는 그에게 길을 좀 안내해 달라고 부탁했지만 그는 자신의 입장을 말하면서 공손하게 거절했습니다.

"미안합니다. 저는 남의 집 양을 치는 목동입니다. 때문에 제가 맡은 양들을 그냥 놔두고 당신의 길을 안내할 수는 없습니다."

왕자는 그 목동에게 한 달 동안 받는 월급이 얼마냐고 묻고, 그 세 배를 주겠다며 안내해 줄 것을 다시 부탁했습니다.

그러나 목동은 여전히 고개를 흔들며 거절했습니다.

"참으로 미안합니다. 저는 이 양들을 지켜주기로 이미 약속을 했으니 당장 저에게 아무리 많은 이익이 있다고 해도 약속을 어기고 자리를 이탈하는 것은 도리가 아닙니다."

화가 난 왕자는 이번에는 총을 겨누며 목동에게 강하게 명령했습니다.

"만약 내 말을 듣지 않는다면 죽이겠다."

그러나 왕자의 협박에도 목동은 조금도 흔들림 없이 대답했습니다.

"예, 어쩔 수 없습니다. 제가 죽게 될지언정 저는 약속대로 양들을 돌볼 것입니다. 그러나 말로는 안내해 드리지요. 저 산을 넘은 후에 계곡을 따라 서쪽으로 조금만 가면 길이 나올 것입니다. 그 길을 따라 내려가시면 됩니다."

많은 세월이 흐른 후, 왕자는 왕이 되었습니다. 그러자 그는 굳은 신념으로 양 지키는 일에 충실했던 그 목동을 불러 재상에 임명했습니다.

인생의 노정에서 책임의식과 신념은 어둠을 밝혀주는 등불입니다. 책임의식이 없고, 신념이 약한 사람이 걸어가는 길은 어둡습니다. 때문에 돌부리에 걸려 넘어지기 쉽지요. 자신에게 아무리 힘든 시련이나 유혹이 있더라도 책임의식과 신념이 강한 사람은 결코 두려워하거나 변절하지 않습니다.

어느 유명한 철학자는 '책임의식과 신념은 거친 비바람에도 결코 쓰러지지 않는 튼튼한 나무뿌리와 같다.'고 말했습니다.

그렇습니다.

자신이 마음먹은 계획이나 목표를 이루는데 있어 흔들리지 않는 책임의식과 신념만 있으면 능히 해내지 못할 일이 없지요. 책임의식과 신념은 믿음을 낳고, 믿음은 기적을 낳는답니다.

인생은 긴 것 같지만 사실은 그리 길지 않습니다. 한정되어 있는 시간을 보람되게 살기 위해서는 어떤 마음자세로 사는 것이 좋을지 깊은 성찰을 해야 합니다.

굳은 책임의식과 신념으로 흔들림 없이 묵묵히 자신의 길을 걸어가는 사람이 성공합니다.

나쁜 습관

바닷가 조그만 마을에 어린 소년이 살았습니다.

소년은 날마다 바닷가에 나가서 놀았지요. 그러던 어느 날, 소년은 물새알을 발견하자 그것을 호주머니에 넣고 돌아와 어머니께 주었습니다. 소년의 어머니는 별 생각 없이 물새알을 맛있게 요리해 주었습니다.

다음 날 또 바닷가에 나간 소년은 이제는 노는 것에는 관심이 없고 하루 종일 물새알만을 찾아다녔습니다. 그리고는 그 다음 날도, 또 그 다음 날도……. 소년은 그렇게 날마다 물새알을 줍는 데에만 정신이 팔려 있었습니다.

그러던 어느 날, 그날은 물새알을 줍지 못하고 힘없이 집으로 돌아가는 길이었습니다. 그때 어느 집에서 꼬꼬댁거리는 닭 울음소리가 들렸어요. 가까이 가보니 암탉이 막 알을 낳고 소리치고 있었습니다. 소년은 물새알 대신 그 달걀을 훔쳐가지고 돌아왔습니다.

소년의 어머니는 또 말없이 달걀요리를 해주었답니다.

다음 날부터 소년은 바닷가로 가는 대신 누구네 닭이 알을 낳는지 만을 살폈습니다. 그렇게 달걀을 훔치는 것으로 시작된 소년의 도둑질 버릇은 어른이 되면서 점점 더 대담해지고, 규모도 커졌습니다. 소년은 결국 큰 죄인이 되어 교수대에 매달리게 되었습니다. 사형이 집행되기 전 그는 울고 있는 어머니에게 이렇게 말했습니다.

"어머니, 제가 어린 시절 물새알이나 달걀을 가져왔을 때 그 잘못을 꾸짖고 야단치셨더라면, 그래서 도둑질이 나쁜 일이라는 것을 제대로 가르쳐 주셨더라면, 제가 이렇게는 되지 않았을 것입니다."

가랑비에 옷 젖는 줄 모르듯이 나쁜 습관에 인생이 망가진다는 것을 알아야 합니다. 사람은 좋은 습관보다는 나쁜 습관에 길들여지기 쉽습니다. 좋은 습관은 신경 쓰지 않으면 금방 잊어버리지만 나쁜 습관은 몸에 쉽게 익숙해지고, 잘 잊혀지지도 않습니다.

우리가 알고 있는 헨리 포드, 데일 카네기와 같은 성공한 사람들은 어려서부터 좋은 습관을 몸에 익혔던 사람들입니다. 그들은 좋지 않은 습관이 자신의 인생을 망친다는 것을 알았습니다. 그래서 매순간 좋은 습관만을 가지려고 노력했기 때문에 성공했습니다.

사람은 나쁜 습관에 한번 길들여지면 여간해선 고치기 힘듭니다. 그 습관을 고치려면 그 습관에 길들여진 시간보다 더 몇 배나 많은 시간과 노력이 필요합니다.

그러니까 애당초부터 나쁜 습관에 물들지 않도록 해야 합니다.

돈으로 살 수 없는 행복

1923년 어느 날, 시카고의 에드워드 비치 호텔에 그 당시 미국 최고의 부자 7명이 모였습니다. 그들이 어느 정도 부자냐 하면 그들의 재산을 모두 합칠 경우, 미국 국고의 전체를 능가할 정도였지요. 그러나 그들의 인생은 결코 행복하지만은 않았습니다.

어느 신문 기자가 그 7인의 갑부가 시카고에 모였던 그 날로부터 정확히 25년이 지난 후, 그들의 생애에 어떤 변화가 있었는지 추적해 발표했습니다. 그 내용은 이랬습니다.

'철강회사 사장, 찰스 슈업은 무일푼의 거지가 되어 일생을 마쳤다. 밀농사로 거부가 되었던 알써 카튼 역시 파산하여 모든 것을 잃어버리고 쓸쓸하고 고독한 가운데 혼자 임종을 맞이했다. 뉴욕 은행의 총재였던 리처드 위트니는 비리에 연류되어 감옥에서 외롭게 여생을 보내고 있다. 또, 엘버트 홀은 재무장관까지 지냈지만 지금은 감옥에서 막 풀려 나와 집에서 죽음을 기다리고 있다. 웰스프리트의 회장이었던 J. C. 리버모아는 인생을 비관하여 자살로 마감했다. 국제은행 총재였던 리온 프레이저 역시 자살로 자신의 삶을 마쳤고, 나머지 한 사람 이반 크루컬은 부동산 업계의 거부였지만 자살 미수로 병원에서 치료를 받고 있다.'

그들의 인생은 미국인들에게 부의 허무를 보여주어 커다란 충격과 교훈을 주었습니다.

돈으로 살 수 없는 것이 있다면 행복이 아닐까, 생각합니다. 많은 것을 가진 억만장자들도 결국에는 행복이 아닌 불행으로 인생을 마감한 것을 보면, 우리는 인생에서 가장 중요한 것은 재물이 아니라는 것을 알아야 합니다.

가난한 사람들은 경제적으로 녁녁한 사람들을 보며 부러워하지요. 그들은 '나에게도 돈이 많다면 행복할 텐데…….', '가지고 싶은 것 다 가질 수 있는 저들은 얼마나 행복할까?' 하고 생각하기도 합니다. 그러나 정작 부자들의 삶 속을 깊이 들여다보면 반드시 행복하지만은 않다는 것을 알게 될 겁니다. 가진 것이 녁녁하지 않아도 행복할 수 있습니다. 이와 반대로 금전적으로는 모자람 없는 생활을 하더라도 마음으로는 불행할 수 있구요. 행복은 재물과는 무관합니다.

행복은 작은 것에 감사하는 마음, 꿈을 향해 나아가는 과정에서 느끼는 성취감, 그러한 따뜻한 마음이 아닐까요?

질레트면도기

대부분의 남자들은 아침에 일어나 제일 먼저 수염을 깎습니다. 지금은 전기면도기로 편리하게 손질합니다만 옛날에는 수염을 깎는 칼날을 가죽혁대나 숫돌에 갈아서 썼습니다. 때문에 면도날이 쉬 무디어져 얼굴에 상처가 생기는 일이 잦았지요.

세일즈맨으로 일하던 킹 질레트 역시 아침마다 면도날을 숫돌에 갈아 면도를 했습니다. 그러나 그 일은 너무 번거롭고 귀찮은 일이어서 종종 짜증을 내곤했지요.

어느 날 아침, 숫돌에 간 면도칼로 바쁘게 수염을 깎던 그는 그만 상처를 입고 말았습니다. 속이 상한 그의 머릿속에 하나의 아이디어가 번개같이 스쳐갔습니다.

"그래, 면도날을 얇은 두 판자에 끼워 사용하면 안전하지 않을까? 그리고 그것을 값싸게 대량으로 만든다면……?"

그렇게만 된다면 수많은 남자들이 숫돌과 가죽혁대에 면도날을 가는 귀찮은 일과 면도칼에 상처를 입는 일이 없으리라 생각했지요.

질레트는 곧 면도기를 시험 제작해 줄 제조회사를 찾기 시작했습니다. 그러나 그것은 그리 쉽지 않았습니다. 당시의 사람들은 면도칼을 혁대와 숫돌에 갈아 쓰는 일에 익숙해 있었고, 평생을 사용할 수 있는 강한 금속면도날이 경제적이라고 생각하고 있었기 때문이었지요.

질레트는 당시를 이렇게 회상했습니다.

"모두들 포기하라고 하더군요. 금속을 그렇게 얇게 만드는 것은 불가능하고, 설혹 만든다고 해도 실효성과 경제성이 떨어져 사업적으로 성공하지 못할 거라구 하면서……."

그러나 질레트는 포기하지 않고 보스턴에서 면도날을 만드는 업자들을 찾아 다녔습니다. 나중에는 뉴욕, 심지어 MIT기술연구소에까지 의뢰하여 시제품을 만들었지만 모두 실패하였지요.

그렇게 생산시스템 개발을 위해 수소문하기 6년이라는 세월이 흘러서야 MIT의 니컬슨 교수가 적임자임을 알았습니다. 그러나 이미 명사로 부와 명예를 누리고 있던 니컬슨 교수가 한낱 이름도 없는 세일즈맨, 질레트의 허무맹랑한 부탁을 들어 줄 리 만무했지요.

그러나 질레트는 끈질기게 매달리며 성공할 수 있음을 설명했습니다. 그의 지성에 감동한 니컬슨은 한 달 동안만 연구해 주겠노라고 했습니다. 그러나 이 한 달은 니컬슨이 면도기 만드는 재미에 빠지기에 충분했지요. 결국 계획보다 시간이 더 걸렸지만 니컬슨은 멈추지 않고 면도기를 만들어 냈습니다. 그렇게 해서 질레트면도기가 이 세상에 나온 것입니다.

확실한 비전과 강인한 인내심만 있으면 누구나 성공할 수 있습니다.

비전은 어두운 밤 망망대해에 떠 있는 배에게 방향을 가르쳐주는 나침반과 같지요. 거기에 인내심은 목표를 향해 나아가게 하는 노와 같습니다.

우리 주위에는 이렇다 할 목표나 비전 없이 어떤 일에 뛰어드는 사람들이 있습니다. 대부분 그들은 이렇게 말하지요.

"남들이 잘 된다고 하니까……."

"마땅히 할 게 없어서……."

그러나 세상의 모든 일은 확실한 계획과 목표 없이는 성공할수 없습니다. 사실 운이 좋아서 성공하는 사람들도 더러는 있지요. 하지만 그런 사람들의 성공은 진정한 성공이라고 할 수 없습니다.

지금의 삶이 힘들다고 느껴지나요?

자신은 운이 없는 사람이라고 여겨지나요?

그렇다면 지금 자신이 하고 있는 일에 확실한 비전이 있는지 꼼꼼히 점검해보시기 바랍니다. 아울러 자신의 인내력이 모자라지는 않는지도…….

사소한 잘못이 커지면

나이 많은 선생님이 학생들을 데리고 숲속으로 산책을 나갔습니다.

나무들이 우거진 곳에 다다르자 선생님은 걸음을 멈추고 옆에 있는 식물을 차례차례 가리켰습니다.

첫 번째 식물은 이제 막 땅을 뚫고 나오는 중이었고, 두 번째는 땅속에 제법 뿌리를 내린 나무였습니다. 그리고 세 번째 식물은 이제 막 자라기 시작하고 있었고, 네 번째 식물은 다 자란 나무였습니다.

선생님이 학생들에게 말했습니다.

"첫 번째 식물을 뽑아 보아라."

학생들은 힘 들이지 않고 쉽게 뽑아 올렸습니다.

"그러면 두 번째 식물을 뽑아 보아라."

학생들은 뽑기는 했으나 얼마의 힘을 들여야 했지요.

"세 번째 식물도 뽑아 보아라."

학생들은 있는 힘을 다해 겨우 뽑았습니다.

"마지막으로 네 번째 식물을 뽑아 보아라."

그러나 그 나무는 단지 가지만 흔들렸을 뿐, 어떤 노력에도 뽑히지 않았습니다. 선생님이 말씀하셨습니다.

"사람의 죄도 바로 이와 같은 것이다. 처음에는 사소한 잘
못으로 시작하지만 그것이 오래되면 깨닫기도 어려울 뿐더러
돌이키기는 더 어렵지."

싹을 틔운 지 얼마 되지 않은 잡초는 맨손으로도 쉽게 뽑을 수 있습니다. 아직 뿌리가 튼튼하게 자리 잡지 못했으니까요. 그러나 땅속 깊이 뿌리를 내린 다 자란 잡초는 호미나 삽을 이용해야 뽑을 수 있지요. 마찬가지로 죄악도 처음 작을 때 막아야 합니다.

　　죄를 어려서부터 의도적으로 짓는 사람은 없습니다. 자라면서 환경의 영향을 받아 서서히 나쁜 행동을 하게 되지요.

　　"나쁜 환경에서 그릇된 행동을 보면서 자란 아이는 정상적인 환경에서 자란 아이들보다 범죄에 빠질 확률이 높다."

　　어떤 책에서 읽었던 내용입니다. 당연하지요. 사람은 주위 환경에 따라 성격과 모습이 얼마든지 바뀔 수 있습니다.

　　나쁜 버릇이 있다면 바로 고쳐야 합니다.

　　처음에는 고치기 쉽지만 시간이 흐른 뒤에는 고치기가 힘들기 때문에 더욱 그렇습니다.

지혜의 소금창고

『리더스 다이제스트』라는 잡지에서 똑똑한 사람이 성공하지 못하는 이유를 기사로 썼습니다. 대개 머리도 좋고 남달리 똑똑한 사람들이 사회생활에 실패하고 출세도 못하는데 그 이유를 보면 다음과 같다고 했더군요.

첫 번째는 오만하기 때문이라고 했습니다.

저 혼자 가장 뛰어나다고 생각하기 때문에 별것도 아닌 지식을 대단한 것처럼 착각하고 있다는 것입니다.

두 번째는 외로움이라고 했습니다.

교만한 사람은 아무도 그를 도와주지 않기 때문에 외로울 수밖에 없고, 외로움은 그 사람을 무기력하게 만들어 버리기 때문에 실패하게 된다고 했습니다.

세 번째는 무모함 때문이라고 했습니다.

자기의 능력과 지식만 믿고 별 소득 없는 일을 무계획하게 진행한다면 곧바로 실패한다는 것입니다.

그리고 마지막으로 이렇게 결론을 내리고 있었습니다.

"우리는 지식과 능력, 건강 등 모든 것에 한계가 있다는 것을 잊어선 안 된다. 또, 자신만이 모든 것에서 뛰어나다는 생각은 실패라는 지하실로 들어가는 출입증과 같다."

어떤 사람이든지 모든 면에서 가장 뛰어날 수는 없습니다. 지식이 뛰어나다는 박사들도 자신이 전공한 그 분야에서만 지식이 뛰어날 뿐, 그 분야 외에서는 보통 사람들과 별반 차이가 없습니다.

우리는 종종 자신이 알고 있는 지식이 다른 사람들보다 조금 더 깊다고 해서 자만심에 빠져 있는 사람을 봅니다. 그러나 막상 그들과 일을 함께 하거나 대화를 해보면 그들이 전공한 전문 지식 외에는 안다는 것이 별것 아니라는 것이 금방 드러납니다.

인생을 외롭지 않게 살려면 익을수록 고개를 숙이는 벼처럼 항상 겸손하게 살아야 합니다.

희망과 신념

2차 세계대전 때 독일군은 유대인들을 6백만 명이나 학살했습니다.

그때 가장 장애가 되고 두려웠던 것은 바로 독일 군인들의 양심이었습니다. 이를 극복하기 위해 독재자들은 고도의 심리전을 전개했지요. 그것은 독일 군인들의 의식에 유태인을 짐승으로 인식시키는 것이었습니다.

독재자는 3만 2천 명이나 유대인이 수용된 곳에 화장실을 하나만 만들어 놓았습니다. 그리고 하루에 화장실 가는 것을 두 번까지만 허용했습니다. 또 일과시간에만 화장실을 이용할 수 있게 했습니다. 때문에 많은 사람들이 화장실 앞에서 오랫동안 기다렸으나 제 차례가 오기 전에 문이 닫혀버리곤 했습니다.

그들은 배변의 고통에 시달렸고, 급기야 자신들의 식기와 깡통에까지 배설치 않으면 안 될 지경에 이르렀습니다. 아침에 일어나면 수용소는 온통 배설물과 그 악취로 가득 찼지요. 그래서 그들은 스스로 자신들이 인간이기보다는 동물에 더 가깝다고 생각하기에 이르렀습니다.

그리되자 독일 군인들의 눈에는 인간의 존엄성을 잃어버린 유대인 군상들이 살려둘 가치가 없는 존재들로 보였습니다.

그래서 그들은 유태인들을 잔인하게 죽이면서도 양심의 가책을 별로 받지 않았습니다.

그러나 기적적으로 이 포로 수용소에서 살아난 사람들이 있었습니다. 그들은 자기들이 살아날 수 있었던 것은 반 컵의 물 때문이었다고 말했습니다.

매일 새벽 4시 반이면 커피 한 잔이 배급되었는데 그것은 커피라는 이름뿐 실제는 악취가 나는 미지근한 맹물에 지나지 않았답니다. 살아남은 사람들은 그 물을 반 컵만 마시고 나머지 반 컵으로는 이를 닦고 세수를 했습니다. 그러자 독일 군인들이 그들에게만은 함부로 대하지 못하더랍니다.

독일의 독재자들은 유태인을 짐승으로 전락시키려 했지만 몇몇의 유대인들은 반 컵의 물로 인간의 존엄성을 지켰고, 그 결과 그들만은 목숨을 유지할 수 있었던 것입니다. 그들은 짐승으로 살기보다는 인간으로 죽기를 원했던 것입니다.

사람은 꽃보다 아름답습니다.

꽃이 향기를 품고 있다면 사람은 마음을 지니고 있지요.

마음을 어떻게 갖느냐에 따라 아무리 힘든 시련이라도 견뎌낼 수 있습니다.

때로 뜻밖의 고통스러운 상황에 빠질 수 있습니다. 그러나 어떤 사람은 그 일로 인해 영영 좌절하는가 하면 또 어떤 사람은 그 순간을 잘 극복하여 눈부신 발전을 이루기도 합니다. 중요한 것은 어떠한 시련에 처했을 때 당황하지 않고 지혜롭게 대처하는 마음자세입니다.

더글러스 맥아더 장군은 이런 말을 했습니다.

"여러분은 신념이 있으면 젊은이이고, 두려움에 빠진다면 늙은이입니다. 희망을 품으면 젊어지고, 절망을 품으면 늙습니다."

그렇습니다.

우리는 언제나 희망과 신념을 가지고 살도록 노력해야 합니다. 우리가 결코 쓰러지지 않고 성공을 이룰 수 있는 힘은 바로 희망과 신념에 있으니까요.

포기하지 말라

프랑스의 여성잡지 〈엘르〉의 편집장으로 장 도미니크 보비라는 사람이 있었습니다.

그는 저널리스트로 사회적 명성을 얻었고, 정열적이고 완벽한 일처리로 주위 사람들로부터 전문인으로도 인정을 받았습니다.

그러나 그가 43세가 되던 해, 평소처럼 일을 마치고 귀가하던 중 갑자기 쓰러져 의식을 잃었습니다. 평생에 걸쳐 쌓아놓은 그의 모든 것을 앗아간 것은 뇌졸중이었습니다. 대뇌의 인지능력은 여전히 남아 있었지만 뇌세포가 손상되어 신경신호가 말초신경세포에까지 전달이 되지 않는 병이었습니다. 그는 3주가 지나서야 혼수상태에서 깨어났습니다.

그렇게 의식은 회복되었지만 그의 몸은 오직 왼쪽 눈꺼풀한 곳만을 제외하고는 전혀 움직이지 못했습니다. 뇌와 신체를 잇는 신경망이 망가져 말을 할 수도, 먹을 수도, 혼자 힘으로 숨을 쉴 수도 없었습니다. 오직 뇌세포를 통하지 않고 신경이 전달되는 일부 부분만 움직일 수 있었던 것입니다.

스스로는 아무것도 할 수 없는 절망적인 상황이었습니다.

그러나 그는 인생을 포기하지 아니 하고 자신의 의지로 움직일 수 있는 왼쪽 눈꺼풀 하나만으로 인생을 다시 시작했습니다.

친구들은 그에게 책을 쓸 것을 권했습니다. 의사소통을 글로도, 말로도 할 수 없었기 때문에 가능한 방법을 찾아내야 했습니다.

그래서 프랑스어의 각 알파벳을 눈 깜박거리는 횟수로 표시하기로 했습니다. E나 S 같은 자주 사용하는 문자는 가능하면 눈을 적게 깜박거리도록 순서를 정했습니다.

이렇게 해서 그가 써나간 글은 하루 종일 해도 책 반 쪽 정도였습니다. 그러나 그는 포기하지 않고 1년 3개월 동안 20만 번 이상 눈을 깜박거려 죽기 직전까지 1백30쪽짜리 책 한 권을 썼습니다. 그 책이 바로 『잠수복과 나비』입니다.

그는 그 책에서 몸은 비록 꽉 끼는 잠수복 속에 갇혀 있지만 마음은 나비처럼 자유롭게 훨훨 날아다니는 자신의 꿈을 펼쳤던 것입니다.

아무리 힘이 들더라도 절대로 포기해선 안 됩니다.

목표가 있고, 꿈이 있는 사람이라면 더욱 더.

시련이란 세차게 내리다 지나가는 소나기와 같은 것이라는 것입니다. 꿈을 끝까지 포기하지 않을 때 뜻하는 것을 이룰 수 있습니다.

때로 삶의 무게에 눌려 쓰러지더라도 포기하지 않으면 반드시 다시 일어날 수 있습니다. 하지만 포기한다면 그걸로 끝이지요. 인생에서 가장 큰 절망은 포기입니다.

누구나 꿈은 가지고 있습니다.

그러나 모두가 꿈을 이루는 것은 아니지요.

어떤 사람은 목표를 향해 나아가다 중간에 그만 둡니다.

어떤 사람은 자신의 능력 밖의 시련이 닥치더라도 절대로 포기하지 않고 그 꿈을 향하여 한 발짝씩 앞으로 나아갑니다.

이제 누가 잘하고, 누가 잘못하는지 아시겠지요?

절대로 포기하지 않는 사람만이 꿈을 이룰 수 있습니다.

지혜가 하는 일은 쌀로 밥을 짓는 것과 같고,
어리석음이 하는 일은 모래로 밥을 짓는 것과 같다.
수레의 두 바퀴처럼 행동과 지혜가 갖추어지면
새의 두 날개처럼 유익하다.

― 원효

너와 함께여서 행복하다…

꽃처럼 향기로운 삶

어디에서 무엇을 하든지 근면, 성실한 사람이 인정을 받습니다.
자신이 하고 있는 일이 보잘 것 없거나 만족스럽지 못하더라도
묵묵히 해나가는 사람. 그러한 사람에게는
반드시 그에 상응하는 보상과 행운이 따릅니다.

인생의 참 행복

마음자세에 따라서 감옥은 고통의 장소가 아니라 삶을 더욱 알차게 다져주는 장소가 되기도 합니다.

현대 기하학의 기초를 세운 쟝 빅토르 퐁슬레.

그는 1812년 나폴레옹이 러시아를 쳐들어갔을 때, 프랑스 군의 중위로 복무했습니다. 그러다가 프랑스군이 크라스노예 전투에서 패했을 때, 그는 감옥에서 물체의 그림자를 관찰하며 투영기하학을 연구했습니다.

프랑스 지질학자 되도네 드 돌로뫼도 감옥생활을 한 사람입니다.

나폴레옹과 함께 이집트 정복 전쟁에 참전했다가 포로로 수용되었습니다. 독방에 갇힌 상태에서 평상심을 유지하는 것은 쉬운 일이 아니었습니다.

그는 독방에서 생활하면서 그전에 수집해 두었던 광물에 대해서 깊이 생각했습니다. 그 덕분에 그는 하나의 법칙을 발견했을 뿐 아니라, 마음도 정상 상태로 유지할 수 있었습니다. 그는 나무를 깎아 펜을 만들고, 등불에서 얻은 검댕을 물에 섞어 성경책 여백에다 자신의 생각을 기록했습니다.

1800년에 출소한 그는 그 이듬해에 그렇게 써 놓았던 기록을 기초로 광물에 대한 중요한 내용을 담은 책 2권을 출판하였습니다.

유명한 로빈슨 크루소의 이야기 역시 저자 디포가 감옥에 있을 때 썼던 책입니다.

영국 작가 오스카 와일드는 2년 동안 감옥살이를 하면서 자전적 소설 〈옥중기〉와 시 〈레딩 감옥의 노래〉를 썼습니다. 이것은 오늘날 와일드 문학의 최고봉으로 꼽히고 있습니다.

인생은 바라보는 관점에 따라 달라집니다. 비록 지금 처한 환경이 힘들더라도 희망을 잃지 않으면 종래에는 웃을 수 있지요. 그러나 당장의 어려운 현실에 괴로워만 한다면 결코 시련 속에서 벗어날 수 없습니다.

자신의 미래는 바로 자신이 만들어간다는 것을 망각해선 안 됩니다.

아무도 자신의 인생을 대신 살아주지 않고, 또 그리 할 수도 없습니다.

지금 당신이 어려운 벽에 부딪혀 있다고 해서 가족이나 친구들이 대신해 줄 수는 없지요. 오로지 자신만이 삶의 주인이고, 미래의 개척자입니다.

조용히 비가 내리는 날이면 잔잔한 음악과 함께 고즈넉한 분위기에 젖어 보십시오. 또, 햇살이 맑은 날은 가까운 사람들과 차를 마시거나 산책을 하십시오. 하기에 따라 우리네 인생은 맛이 달라집니다.

시련이 닥쳤을 때에는 소금 같은 지혜를 얻을 수 있고, 기쁨이 충만할 때에는 인생의 참 행복을 느낄 수 있지요.

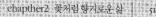

마음이 따뜻한 부자

얼마 전 미국의 경제주간지 비즈니스 위크 지에 지난 100여
년 동안 기부의 역사에서 획기적인 진전을 가져온 8명의 위대
한 미국 기업가들이 소개된 바 있습니다.

1889년, 앤드루 카네기는 〈부(富)의 복음〉이라는 글을 통해
부호들은 그들의 생전에 부를 환원해야 한다고 주장했습니다.
실제로 카네기는 자신이 평생 모은 재산 전부를 사회에 환원
시켰습니다. 현재의 화폐가치로 따지면 30억 달러에 이르는
거금이었습니다.

1907년, 투자은행가 러셀 세이지가 사망한 후, 그의 미망인
마가렛 올리비아가 남편의 이름을 따 최초로 근대적 의미의
자선재단을 설립했습니다. 그 이후 러셀 세이지 재단은 미국
사회와 삶의 질 향상을 위한 지원활동을 계속해서 벌여오고
있습니다.

1913년, 존 록펠러는 록펠러 재단을 창립해 죽을 때까지 540
만 달러, 요즘 돈으로 60억 달러라는 거금을 기부했습니다. 그
의 아들 록펠러 주니어 역시 아버지에 못지않은 액수를 기부해

록펠러 가문을 미국 최고의 자선 가문으로 만들었습니다.

1929년, 시어스 로벅의 사장 줄리어스 로젠월드는 자선재단은 한 세대 안에 모든 재원을 사회로 환원해야 한다고 주장했습니다. 그래야만 재단 구성원들이 관료화되거나 기부에 보수적이 되는 걸 막을 수 있다는 것이 그의 생각이었습니다. 실제로 그가 기탁한 기금은 그가 사망한 1932년, 정확히 설립 15년 후에 모두 사회에 환원되었습니다.

1947년, 자동차 왕 헨리 포드는 거액의 유산을 포드 재단에 남겼습니다. 반세기가 지난 지금 포드 재단은 매년 기부액수의 규모에서 상위 3위 안에 들 뿐만 아니라, 한 해 기부액만도 83억 달러에 달했습니다.

1997년, CNN의 창립자 테드 터너는 유엔의 각종 활동을 지원하는 재단설립을 위해 전 재산의 3분의 1인 10억 달러를 기부하겠다고 약속했습니다. 그는 부유한 사람들이 좋은 일에 돈을 더 내놓아야 하고, 그래서 새로운 박애시대를 열어야 한다고 주장했습니다.

1999년, 마이크로 소프트 사의 빌 게이츠 회장은 자신과 아내의 이름을 딴 재단을 만들었습니다. 그들 부부는 이를 위해

170억 달러를 내놓았고, 그 재단은 출범과 함께 미국 최대의 재단이 되었습니다. 그리고 첫 사업으로 '어린이용 백신을 위한 재단'에 7억5000만 달러를 지원하였습니다.

21세기, 현재 72세인 세계 2위의 갑부 워런 버핏은 자신이 죽으면 남은 가족이 전 재산 360억 달러를 들여 자선재단을 세우기로 되어 있습니다.

우리 주위에는 경제적 자유를 누리는 부자들이 많습니다.

이들 중에는 가난한 사람들이나 사회를 위해 재산의 일부를 환원하는 사람들도 있지요. 그러나 아직은 자신이나 가족을 위해 쓰는 부자들이 더 많은 듯합니다. 이런 부자들은 돈은 버는 것보다 쓰는 것이 더 중요하다는 것을 망각한 채 살고 있습니다.

부자들은 존경을 받는 사람과 비난을 받는 사람의 두 가지로 나뉩니다. 존경을 받는다는 것은 사랑받고 있다는 뜻이기도 합니다. 이런 사람은 참으로 행복하겠지요.

하지만 이와 반대로 비난받는 사람들은 불행한 사람이 아닐 수 없습니다. 비난을 받는다는 것은 미움을 받고 있다는 말이니까요.

앞으로 지금보다 더 따뜻한 마음의 부자들이 많아졌으면 합니다. 그래서 가진 사람과 가난한 사람들 모두가 서로 위하고 배려하는 사회가 되었으면 좋겠습니다.

꽃처럼 향기로운 삶

중국 제나라의 위 왕은 선정을 베풀어 많은 백성들로부터 존경을 받았습니다.

어느 날, 그가 지방의 관리들이 백성들을 잘 다스리고 있는지 알아보고 청렴한 관리들에게는 상을 내리기로 했습니다. 그래서 '즉묵'이라는 지방의 관리를 궁으로 불렀습니다.

"경에 대해 나쁜 소문이 들리기에 은밀히 사람을 보내 알아보았소. 그랬더니 경은 청렴결백하고, 또 백성을 아끼는 마음이 항상 넘친다는 것을 알았소. 경제정책 또한 잘 펴고 있다고 하니 경은 그 곳을 잘 다스린 것이 분명하오. 그런데도 많은 대신들이 경을 악평하니 이는 경이 그들에게 아첨하거나 뇌물을 주지 않았다는 증거일 것이오. 이 또한 바른 정치가의 모습이니 내가 경의 수고를 치하하려 하오."

왕은 그에게 땅을 주어 포상했습니다.

다음 날, 위 왕은 다른 지방의 관리를 불렀습니다.

"경에 대한 칭찬이 자자하기에 내가 은밀히 알아보았더니 그 고을의 땅은 황폐하고 백성들은 굶주려 원성이 높았소. 그런데도 경은 날마다 잔치만 일삼으니 좋아 할 백성이 어디 있겠소? 그러함에도 한편에서는 칭찬이 끊이지 않으니 이는 바로 경이 높은 사람들에게 아첨을 했다는 증거요."

위 왕은 그의 관직을 박탈하고 귀양을 보냈습니다.

어디에서 무엇을 하든지 근면, 성실한 사람이 인정을 받습니다. 자신이 하고 있는 일이 보잘 것 없거나 만족스럽지 못하더라도 묵묵히 해나가는 사람. 그러한 사람에게는 반드시 그에 상응하는 보상과 행운이 따릅니다. 사람을 알고 싶으면 그 사람의 일하는 모습을 보라고 했습니다.

그렇습니다.

일을 대충 대충하는지, 아니면 보는 이가 없어도 애정을 가지고 성실하게 하는지, 그 모습을 보면 그 사람의 됨됨이를 정확하게 알 수 있습니다.

들에 피어 있는 야생화를 보십시오. 야생화는 누구 하나 관심 갖는 이 없어도 꽃 피우는 일을 게을리 하지 않습니다. 그러기에 시인들은 주저하지 않고 그 꽃들을 시로 찬양합니다. 우리 역시 그런 변함없는 마음 자세를 잃지 않을 때 꽃처럼 아름다운 삶을 살 수 있지 않을까요?

지나친 관심과 사랑

1984년, 미국 로스앤젤레스에서 올림픽이 있었을 때의 이야기입니다.

아주 장엄하고 즐거운 쇼를 만들기 위해 전문가들이 할리우드에 모였습니다. 그들이 역사상 가장 성대한 개막식을 계획하는 중에 한 사람이 아이디어를 냈습니다. 미국 국가가 연주될 때, 스타디움 서쪽에서 미국의 국조인 흰머리 독수리가 잔디에 있는 오륜기 모양의 횃대에 내려앉게 하자는 것이었습니다. 얼마나 멋있겠습니까?

그러나 문제는 그 흰머리 독수리를 구하기가 쉽지 않다는 것이었습니다.

어렵게 수소문한 끝에 야생조류연구소를 통해서 22년 동안 거의 날아보지 못하고 보호 속에 너무 먹어 뚱뚱하게 살이 찐 흰머리 독수리를 구할 수 있었습니다. 그 독수리의 이름은 번 버였습니다.

조련사는 이 번버가 날게 하기 위해 다이어트와 훈련을 시켰습니다. 조금 잘하면 맛있는 먹이를 주었으므로 번버도 나름대로 열심히 날아보려고 애를 썼습니다. 그러나 너무나 오랫동안 날지 않았기 때문에 쉽지 않았습니다. 날아오르다가 떨어져서 땅에 곤두박질치기 일쑤였습니다.

그렇게 열심히 훈련받던 번버가 갑자기 죽고 말았습니다. 너무 과도한 스트레스 때문이었습니다.

다음 날, 신문에는 다음과 같은 기사가 실렸습니다.

'사람들은 번버에게 날기를 요구했으나 이 독수리는 너무나 오랫동안 과잉보호 속에 있었기 때문에 몸이 비만해져 그 요구에 부응하지 못했다.'

지나친 관심과 사랑은 오히려 장애가 될 수 있습니다.

넘치지도, 모자라지도 않을 만큼의 적당함이 좋습니다. 그래서 '적당함이 미덕이다.'라는 말이 생겨났지요.

어느 대학교에서 이런 실험을 했습니다. 컵 속에다 벼룩을 넣고 10cm 높이에서 종이로 덮었지요. 그런 상태에서 얼마간의 시간이 지난 후 덮어두었던 종이를 들어내자 벼룩은 10cm 높이밖에 뛰지 못했다고 합니다. 이는 벼룩이 컵을 덮고 있던 종이로 인해 스스로 그 높이밖에 뛸 수 없다고 세뇌되었던 탓입니다.

우리는 한번쯤 주위로부터 지나친 보호를 받고 있는 건 아닌지, 자신이 너무 의지하고 있는 것은 아닌지 생각해 보아야합니다. 만일 그렇다면 자신의 능력에 대한 가능성을 스스로 제한하는 결과가 됩니다. 그런 상황에서는 시간이 흘러갈수록 능력이 퇴화합니다.

우리의 가슴속에 잠재해 있는 무한한 가능성을 열 수 있는 열쇠는 적당한 관심과 사랑입니다. 무엇이든지 넘치지도 않고 또 모자라지도 않는 것이 좋습니다.

나는 행복한 사람

20세기 초, 세계적으로 이름을 떨친 위대한 숨은 봉사자 캐더린 쿨만의 이야기입니다.

그녀는 하나님의 사랑을 보다 효과적으로 수행하기 위해 '캐더린 쿨만 재단'이라는 자선기관을 설립했습니다. 그러나 그녀는 전 재산을 봉사사업에 기부했기 때문에 자신은 도리어 재단에서 지급하는 박봉으로 살았습니다.

이 재단은 일리노이 주의 휘튼대학에서 재정 원조를 요청하는 학생들에게 도움을 주고 있습니다. 이외에도 쿨만 재단을 통해 장학 혜택을 받고 있던 대학들은 전국에 8개로 한결같이 유명 대학들입니다.

또한 펜실바니아 어린이맹아학교에도 5만여 달러를 기증해 눈먼 어린이들에게 소망과 공부할 길을 열어 주고 있습니다. 맹아학교 교장인 크로스 박사는 쿨만에게 이렇게 말합니다.

"나는 매일 우리 학교의 유치원 육아실로 들어설 때마다 항상 당신이 우리와 가까이 있음을 느낍니다."

쿨만은 평소에 하나님에 대한 진정한 감사의 마음을 이렇게 말합니다.

"내가 이곳에 와서 손으로 더듬어 장난감을 만지는 애들을 보았을 때, 하나님이 나에게 볼 수 있는 눈을 주신 것을 감사

했고, 못 보는 이들을 위해서 내가 할 수 있는 일이 무엇인가
를 생각하지 않을 수 없었습니다."

수많은 사람들 중에 자신이 살아 있음에 대하여 진실로 감사하
며 살아가는 사람이 얼마나 될까요? 또, 일을 할 수 있음에 해하여
진정으로 행복을 느끼는 사람은 얼마나 될까요?

우리는 우리 곁에 있는 모든 것들이 행복 그 자체인데도 그것
을 제대로 느끼지 못하고 살아갑니다.

앞을 보지 못하는 사람들의 소원은 두 말할 것 없이 세상을 볼
수 있는 시력을 찾는 것이지요. 또, 귀가 들리지 않는 사람은 소리
를 들을 수 있게 되기를 원할 것입니다. 역시 병석에 누워 있는 사
람은 마음대로 활동할 수 있는 건강을 원하겠지요.

그러나 불편한 데가 없는 건강한 우리는 어떤가요? 진정 행복
한 마음을 느끼며 살아가고 있나요?

대부분의 사람들은 행복함보다는 불만에 가득 찬 마음으로 하
루하루를 보냅니다.

지금 자신이 불행하다고 여겨진다면 나보다 더 불행한 사람
을 떠올리십시오. 나보다 더 가난하고 고통스러워하는 이웃을 생
각하십시오. 그러면 자신이 얼마나 행복한 사람인지 깨닫게 될 것
입니다.

마음이 담긴 선물

미국의 윌슨 대통령의 이야기입니다.

그가 몬태나 주의 빌링이라는 곳에 기차를 세우고 간단한 연설을 하고 있었습니다.

두 명의 어린 소년이 경찰의 저지선을 넘어 대통령과 영부인, 그리고 유명한 인사들이 있는 아래에까지 다가왔습니다. 그리고 그 중의 한 소년이 손에 들고 있던 작은 성조기를 번쩍 들어서 대통령에게 바치자 영부인이 그 국기를 대신 받았습니다. 그러자 함께 있던 다른 소년이 금세 침울한 표정이 되었습니다. 이유는 그에게는 국기가 없었기 때문이었습니다. 그런데 순간, 그는 갑자기 자기의 호주머니를 뒤지기 시작하더니 무언가를 대통령에게 내밀었습니다. 그것은 10센트짜리 동전이었습니다. 대통령은 몸을 구부려서 그 소년의 선물을 받았습니다.

그 후 5년이 지나서 윌슨 대통령은 세상을 떠났습니다.

그때 대통령의 유품을 정리하던 영부인이 무심코 대통령의 지갑을 열어 보게 되었습니다. 지갑의 따로 된 칸에 5년 전에 소년이 선물한 10센트짜리가 종이에 싸진 채로 들어 있었습니다. 대통령은 어디를 가든지 소년이 주었던 그 선물을 항상 몸에 지니고 다녔던 것입니다.

선물의 가치는 가격이 아니라 주는 사람의 마음의 크기에 있습니다. 하지만 대부분의 사람들은 보이지 않는 부분보다 보이는 부분에 더 신경을 쓰기 때문에 선물의 가치를 제대로 알지 못합니다.

누구나 어릴 때 처음 사랑을 느끼며 연애편지를 써본 경험이 있습니다. 밤새워 써내려간 편지. 그리고 그 편지와 함께 줄 작은 선물을 샀던 경험도 있지요. 적은 용돈으로 마련한 선물이 비록 작고 보잘 것 없더라도 마음만은 행복으로 가득 했습니다. 또한 주는 사람 못지않게 받는 사람 역시 기쁨과 행복으로 충만했지요.

그렇습니다. 선물의 가치는 그 선물의 희소성이나 가격의 높음에 있는 것이 아니지요. 값싼 손수건 한 장이라도 주는 사람의 마음과 정성에 따라 세상에서 가장 가치 있는 선물이 될 수 있습니다.

우리는 눈에 보이는 화려함보다는 보이지 않는 마음이 더 중요함을 알아야 합니다.

아름다운 마음의 빛

회교 자살 특공대가 레바논에 있는 미국 해병대의 기지를 기습 공격한 적이 있었습니다. 그 일로 인해 2백여 명의 미국 해병대원들이 사망했고, 많은 사람이 부상당했습니다.

이 소식을 들은 미국의 사령관 폴 켈리는 즉시 현장으로 달려갔습니다. 그는 중상을 입은 해병대원들을 위로하고, 그들에게 훈장을 수여했습니다.

훈장을 받게 된 어떤 군인은 너무 심하게 다쳐 말도 못할 만큼의 참혹한 지경이었습니다.

사령관은 그에게 다가가 자기가 사령관 켈리 장군이라고 말하며 위로했습니다. 그러자 그 해병은 손가락으로 침대 시트 위에 무언가 글자를 쓰기 시작했습니다. 하지만 도무지 알아볼 수가 없었습니다. 옆에서 보고 있던 간호사가 너무 안타까워 그의 손에 펜을 쥐어 주었습니다. 그러자 그 해병은 또박또박 써나가기 시작했습니다.

'Semper fi…'

그는 여기까지 쓰다가 손에 힘이 없어 펜을 떨어뜨리고 말았습니다. 그가 끝까지 쓰지 못한 글은 'Semper fiddlers.(항상 충성하라)', 즉, 미국 해병대의 구호였습니다. 이것을 본 켈리 장군은 그만 목이 메어 울고 말았습니다. 강인하기로 소문

난 그였지만 한 사병의 신념에 감동하지 않을 수 없었던 것입니다.

　　강물은 강바닥이 깊을수록 소리 없이 흘러갑니다. 강줄기 중간에 장애물이 있어도 방향을 바꾸지 않고 그저 묵묵히 아래로만 흐릅니다. 그렇게 쉬지 않고 흐르기에 넓은 바다에 이를 수 있는 것이겠지요.

　　사람들도 신념이 강할수록 남의 말에 쉽게 현혹되지 않습니다. 또, 신념이 깊을수록 타인에게 나누어 주는 사랑도 넉넉하지요. 중요한 것은 장애물이 막고 있어도 방향을 바꾸지 않는 강물처럼 쉽게 변하지 않는 신념입니다.

　　사람들 중에는 눈 앞의 이익에 급급하여 친구를 배신하고, 사랑을 버리는 사람도 있습니다. 참으로 슬픈 일이 아닐 수 없습니다. 친구와 우정을 맺었다면, 한 사람을 사랑했다면, 그 마음 변하지 않아야 합니다.

자존심을 버리면 희망이 생긴다

　미국의 남북전쟁 때, 북군의 한 병사가 형과 아버지를 잃었습니다. 그래서 그는 집에 있는 어머니와 누이동생을 돕기 위해 군복무를 면제받으려고 했습니다.

　그는 백악관으로 가서 대통령을 만나게 해달라고 요청했지만 문 앞에서 거절당했습니다. 그는 낙심해서 근처 공원의 벤치에 앉아 있었습니다. 그때 한 어린 소년이 그에게 다가와서 말을 걸었습니다.

　"아저씨! 왜 그렇게 슬퍼 보이세요? 뭐가 잘못되었나요?"

　그는 답답한 나머지 이 어린 소년에게 자기의 사정을 모두 털어놓았습니다. 그러자 그 소년은 거침없이 보초병들이 있는 곳으로 다가가 무언가 이야기했습니다. 그러자 그 보초병들은 두 사람을 그대로 통과시켜 주었습니다.

　또, 소년은 대통령의 집무실에도 그대로 문을 열고 안으로 들어갔습니다. 그 안에서는 링컨 대통령이 국방장관 및 군의 수뇌부들과 함께 전쟁에 대해 의논하고 있었습니다. 소년은 대통령에게 말했습니다.

　"아빠, 이 군인 아저씨가 아빠께 드릴 말씀이 있대요."

　그렇게 해서 그는 자신의 사정을 대통령에게 자세하게 이야기할 수 있었습니다. 이야기를 다 듣고 난 대통령은 옆에 있던 국방장관에게 선처를 해주는 것이 좋겠다고 말했습니다. 그는 소년의 도움으로 마침내 군복무를 면제 받아 고향의 농장으로 돌아갈 수 있었습니다.

우리는 살아가다 뜻하지 않은 어려움에 빠질 수가 있습니다. 누구나 그런 순간에는 좌절하고 낙심하게 되지요. 하지만 눈앞이 캄캄하다고 해서 피하려고만 해선 안 됩니다. 자신의 힘으로 해결할 수 없다면 주위의 도움을 청하는 것도 좋은 방법이지요.

대부분의 사람들은 자존심 때문에 혼자서 끙끙 앓며 어려움을 해결하려고 합니다. 혹시 가족이나 친구들에게 도움을 청했다가 거절당하면 어쩌나 하는 걱정에서이지요. 그러다 상황이 더욱 나빠져 나중에는 주위 사람들의 도움으로도 어쩔 수 없을 지경이 되기도 합니다. 호미로 막을 일을 가래로도 못 막는다는 우리 속담처럼 말입니다. 만일 괜한 자존심으로 인해 그렇게 된다면 얼마나 어리석은 일입니까?

우리는 자존심 하나 때문에 소중한 것들을 잃는 바보가 되지 않도록 해야 합니다.

어떤 일을 처리함에 있어 무엇이 더 중요한지를 먼저 생각해서 중요한 일을 우선적으로 처리해야 합니다.

얻기는 어려워도 잃는 것은 한 순간이지요. 자존심을 버리면 희망이 생긴다는 것도 잊지 말아야겠습니다.

평범함 속의 귀중함

캐나다의 한 가난한 집에서 태어나 당대 최고의 부자가 된 깁슨이라는 사람이 있습니다. 그는 처음에는 마을의 정미소에서 심부름꾼으로 사회생활의 첫출발을 시작했습니다. 그 후, 자신에게 주어지는 모든 일에 최선을 다하고 온갖 고생 끝에 엄청난 재산을 모아 거부가 되었습니다.

어느 날 인터뷰를 위해 방문한 기자가 깁슨에게 어떻게 그렇게 크게 성공을 할 수 있었느냐고 물었습니다.

깁슨의 대답은 간명했습니다.

"글쎄요, 굳이 성공의 비결이라고 한다면 세 가지 신조 때문일 겁니다. 첫째는 절대로 술을 마시지 않는 것, 둘째는 고생을 싫어하지 않고 부지런히 일하는 것, 셋째는 하나님을 믿고 만사를 의심하지 않는 것이었습니다. 이 세 가지가 오늘날의 나를 있게 해주었습니다."

이야기를 듣고 난 기자가 이상하다는 표정으로 물었습니다.

"그거야 누구든지 다 아는 평범한 사실 아닙니까?"

깁슨은 웃음 띤 얼굴로 다시 말했습니다.

"알고 있다는 사실이 중요한 게 아닙니다. 누구나 다 아는 하찮고 사소한 일이라도 그것을 실천하는 데서 성공은 시작되지요."

위대한 진리라는 것도 알고 보면 그 내용은 누구나 알고 있는 평범한 상식과 같습니다. 너무나 평범해서 하찮고, 보잘 것 없게 느껴질 정도지요. 그러나 성공한 사람들은 이 평범한 사실을 실천했습니다. 성공하지 못한 사람들은 평범하다고 해서 중요하게 생각하지 않는데 반해 성공한 사람들은 귀중한 금과옥조로 여겼다는 것입니다.

평범하고 특별하지 않은 것들은 우리의 시선을 끌지 못합니다. 이와 반대로 아주 귀중하고 흔하지 않은 것들이 우리의 마음을 사로잡지요. 그러나 중요한 것은 평범함 속에 귀중함이 숨어 있다는 것입니다. 우리가 생각하는 인생의 참의미도 이런 흔하고 하찮은 평범함 속에 있습니다.

김손의 말처럼 알고 있는 그것이 중요하지 않습니다. 하찮고 사소한 일일지라도 그것을 실천할 때 특별한 작용을 하는 것입니다.

세상에 공짜는 없다

어느 날, 로렌드 힐은 돼지 떼가 한 사람을 따라가는 광경을 목격했습니다.

그는 호기심이 생겨 그 뒤를 따라갔습니다. 한참 후, 그는 놀라운 광경을 보았습니다. 돼지 떼들은 그 사람을 따라서 도살장으로 들어가는 것이었습니다.

그는 어떻게 그런 일이 있을 수 있는지에 대해 의문이 생겼습니다. 그래서 그 돼지 인솔자에게 물었습니다.

"어떻게 해서 이 돼지들이 당신을 따라오도록 하신 겁니까?"

그 사람은 대수로운 일이 아니라는 투로 대답했습니다.

"아, 그거요. 아주 쉽습니다. 보시다시피 나는 콩이 담긴 바구니를 가지고 있습니다. 콩을 조금씩 흘려주면서 걸었지요. 그래서 돼지가 따라온 것입니다."

우리 주위에는 노력은 하지 않고 좋은 결과만을 바라는 사람들이 있습니다.

이런 사람들은 세상에는 공짜가 없다는 평범한 진리를 모르고 사는 사람들이지요.

때문에 그들에게 주어지는 것은 오로지 빈껍데기 같은 가난이나 고통뿐입니다.

우리는 뉴스나 신문을 통해 주식으로 일확천금을 노리다 가진 재산까지 다 날린 사람들이 결국 범죄자로 전락하고 마는 경우를 봅니다. 그들은 노력 없이 많은 것을 가지려다 욕심의 노예가 되고 맙니다. 이런 사람들의 말로는 암울하고 고통스럽다는 것을 알아야 합니다. 또, 세상은 언제나 자신이 노력한 만큼 보상해준다는 진리를 잊어선 안 됩니다.

가슴속에 잠든 거인을 깨워라

월트 디즈니가 자녀들을 데리고 동네 놀이터에 갔습니다.

그런데 그 놀이터가 너무 지저분했습니다. 그는 과학과 자연이 어우러지고, 새로운 꿈이 펼쳐지는 아름다운 공원을 상상했습니다. 그리고 그는 그것을 이루기 위한 일을 시작했습니다. 많은 시간이 지난 후에 그러한 공원이 로스앤젤레스 교외에 만들어졌습니다. 바로 디즈니랜드였습니다.

그는 여기에서 그치지 않고 또 다른 꿈을 꾸었습니다.

온 세계의 어린이들이 함께 어울릴 수 있는 공원을 만드는 것이었습니다. 그래서 지금까지 누구도 만들지 않았던 전혀 새로운 놀이터를 구상했습니다.

그 프로젝트는 곧 실천에 옮겨져서, 미국의 올랜드라는 곳에 그의 이름을 딴 어린이들의 천국 디즈니월드가 건설되기 시작했으나, 그는 안타깝게도 그 놀이터가 완성되기 전에 세상을 떠나고 말았습니다. 그렇지만 그 놀이터는 그의 뜻을 이어 받은 사람들에 의해 훌륭하게 완공되었습니다.

드디어 디즈니월드의 오픈식 때, 각계의 많은 인사들이 모여 축하의식을 가졌습니다. 그때 한 인사가 축사를 하면서 월트 디즈니가 세상을 떠나 이 자리에 참석하지 못한 것이 정말 안타깝다고 말했습니다. 그러자 월트 디즈니의 미망인인 디즈니 여사가 단 위에 올라 조용히 말했습니다.

"죄송하지만 저는 아까 축사를 해주신 분의 말씀을 정정할까 합니다. 제 남편은 디즈니월드를 보았습니다. 그분의 마음속에는 이미 디즈니월드가 있었고, 그 분은 늘 꿈속에서 놀이터를 그리며 살았으니까요."

'간절히 원하면 반드시 이루어진다.' 라는 말이 있습니다. 이말은 간절히 열망하면 원하는 것을 성취할 수 있다는 뜻입니다.

모든 사람의 마음속에는 잠재의식이 있습니다. 이 잠재의식은 어떤 일을 강렬한 소망으로 이루고자 하면 초능력적인 힘을 발휘합니다.

대부분의 사람들은 자신이 지니고 있는 에너지를 절반도 활용하지 못한 채 삶을 마감한다고 합니다. 참으로 슬픈 일이지요. 지금부터라도 우리는 가슴속에 잠자고 있는 잠재의식을 깨워 꿈을 이룰 수 있도록 노력해야 하겠습니다.

내면의 거울

어느 대학의 졸업식장에서 학생들이 차례로 졸업장을 받고
있었습니다.

그 광경을 바라보던 한 축하객에게 눈에 띄는 장면이 있었
습니다. 한 학생이 한 손을 호주머니에 넣은 채 한 손으로 졸
업장을 받고는 총장과 악수도 하지 않고 그냥 나가는 것이었
습니다. 그 축하객은 혀를 차며 말했습니다.

"참 세상도 많이 변했군. 저렇게 건방진 학생도 있으
니⋯⋯. 도대체 이 학교는 4년 동안 무얼 가르쳤지?"

그러자 옆에 있던 한 재학생이 말했습니다.

"아저씨, 그게 아닙니다. 저 학생은 사고로 팔을 잃었는데
도 의수를 하고서 4년 동안 훌륭하게 학교를 다녔습니다."

그러자 축하객은 얼굴을 붉히며 함부로 말한 것을 부끄러워
했습니다.

　우리 주위에는 다른 사람의 겉모습만을 보고 깊은 생각 없이 비난하는 사람이 있습니다.

　사실 오랫동안 함께 해온 사람일지라도 그 사람의 속마음을 다 알 수는 없지요. 그러니 겉모습만으로 사람을 비난하는 것은 대단히 경솔한 일입니다.

　우리는 종종 어떤 사람의 외모만 보고서 그 사람을 싫어하거나 미워합니다. 특별한 이유가 없는 데도 말이지요. 그러다 그 사람과 어울려 친하게 지내다보면 그런 오해가 풀리기도 합니다. 그런 순간엔 자신이 부끄럽게 느껴지지요.

　다른 사람의 행동이나 모습 하나만으로 그 사람의 모든 것을 판단하려 해선 안 됩니다. 만일 그런 생각이 들 경우에는 '나는 다른 사람에게 어떤 모습으로 비춰질까?' 하고 생각해보십시오. 다른 사람을 섣불리 판단하기 전에 먼저 자신의 모습을 돌이켜보는 것이 중요합니다.

절망에서 희망으로

두 눈의 시력을 잃고 실의에 찬 나날을 보내는 청년이 있었습니다.

청년의 가족은 그를 시각장애인 학교에 보내기로 했습니다. 같은 처지의 사람들과 생활하다 보면 삶에 의욕을 가질지도 모른다는 생각에서였습니다.

그가 학교에 도착하자 한 선생님이 학교 시설을 소개해 주었습니다. 음성이 맑은 그 선생님은 복도를 지나 현관으로 나서면서 다음 진행될 상황에 대해서 설명했습니다.

"자, 지금부터 우리는 현관 밖의 계단을 내려갈 것입니다. 계단은 모두 열 개입니다. 다 내려가면 오른쪽으로 돌아서 화단 앞을 지날 것입니다."

친절한 선생님의 안내에 청년은 마음이 아주 편안해졌습니다. 그래서 선생님께 감사의 인사를 드렸습니다.

"눈먼 저의 입장을 잘 이해해주셔서 정말 감사합니다."

그러자 선생님이 대답했습니다.

"물론 나는 학생의 입장을 잘 이해합니다. 그것은 나도 앞을 보지 못하기 때문입니다."

아무리 사려 깊은 사람이라도 당사자의 입장에 처하지 않고서는 그 사람을 제대로 이해할 수는 없습니다. 하지만 비슷한 상황에 처한 사람이라면 상대의 처지를 제대로 잘 이해할 수 있지요. 그래서 비슷한 형편의 사람들끼리는 친밀감이 빨리 생기나 봅니다.

우리는 신이 아닌 이상 타인을 온전히 이해할 수는 없습니다. 그러나 이해하려고 노력할 수는 있겠지요. 간혹 모든 것을 이해한다는 사람도 있지만 이는 착각입니다. 이런 착각은 상대방에게 심리적 부담감과 피로움을 줄 수 있습니다.

'기쁨은 기쁨끼리, 슬픔은 슬픔끼리 친해진다.'는 말이 있습니다. 때론 서로 비슷한 현실에 처한 사람들이 서로에게 힘이 되고 위로가 될 수 있습니다.

자신의 일을 사랑할 때

영국의 해군 제독, 넬슨의 이야기입니다.

넬슨은 싸움터에 나갈 때마다 '영국은 제군들이 각자 맡은 바 임무를 다할 것으로 믿는다.' 라는 플랜카드를 달아놓고 병사들이 끝까지 최선을 다하도록 독려했습니다.

그는 1770년 르코시마 전쟁 때 오른쪽 눈을 잃는 부상을 당했습니다. 그리고 1789년 젠투빈샌트 해전에서 또다시 오른쪽 팔을 잃고 말았습니다. 그럼에도 불구하고 그는 싸움에 임할 때는 항상 꿋꿋한 자세를 유지했습니다.

그러다가 1805년, 트라팔 가 앞바다에서 프랑스와 스페인 연합 함대와의 접전 때 적의 함대를 거의 침몰시켰으나 막판에 적의 총탄에 맞았습니다.

그는 죽어가면서도 싸움의 결과를 걱정하였습니다.

"어느 편이 승리하고 있는가?"

"네! 우리 쪽입니다."

그는 부하의 말에 웃음을 띠며 마지막 말을 남기고 숨을 거두었습니다.

"하나님, 제가 저의 직분을 다할 수 있게 해주셨음에 감사합니다."

어떤 일을 진실로 해내고자 최선을 다한다면 못할 일은 없습니다. 그러나 억지로 마지못해 한다면 성과를 기대하는 것이 무리이지요.

계획이 있고, 목표가 있는 사람은 희망을 안고 삽니다. 이들에게는 보석 같은 꿈이 있지요. 그래서 하루하루가 즐거움의 연속입니다. 이들은 선뜻 세상에서 가장 소중한 것은 자신이 하고 있는 일이라고 말합니다.

일을 사랑하는 것이 성공의 첫 계단입니다. 뒤집어 말하면 일을 사랑하지 않고서는 결코 성공할 수 없다는 말입니다. 또, 지금 자신이 하고 있는 일을 진정으로 사랑한다면 그 자체가 행복이기도 합니다.

세상에서 가장 행복한 사람

2차 세계대전 때의 일입니다.

영국 런던에 있는 어떤 큰 백화점의 입구가 독일군 폭격기의 폭탄에 맞아 파괴당했습니다. 그 광경을 옆에서 지켜 본 사장이 눈을 지그시 감고 생각에 잠겼습니다.

그때 소식을 들은 그의 친구가 찾아왔습니다.

"여보게! 그래, 마음이 얼마나 괴로운가? 독일놈들 참 나쁜 놈들이야!. 그러나 너무 상심 말게."

친구가 이렇게 위로하자 그는 웃으며 말했습니다.

"천만에, 나는 독일군들 때문에 오히려 덕을 보게 되었네."

친구는 의아했습니다.

"아니, 그게 무슨 소린가? 덕을 보다니……?"

그러자 사장은 미소를 지으며 설명했습니다.

"분명히 덕을 보았지. 우리 백화점은 그동안 출입구가 너무 좁아서 손님들이 들어오는데 불편했었거든. 나는 그것을 알고 있으면서도 일을 벌이는 것이 번거로워서 차일피일 미루고 있었지. 이제 나는 출입구를 충분히 넓히려 하네."

그는 자기 말대로 백화점 출입구를 전보다 더 넓혔습니다. 그리고 그 출입구에 써 붙였습니다.

'고객 여러분, 독일군의 폭격기가 고맙게도 저희 가게의 출입구를 크게 넓혀주었습니다. 그동안 문이 좁아서 불편하셨지요? 이제부터는 편안하게 출입하십시오. 사장 올림.'

삶을 어떻게 보느냐에 따라 고통스러울 수도 있고, 행복할 수도 있습니다. 비록 현실은 힘들더라도 희망을 버리지 않는다면 고통을 극복할 수 있지요.

그러나 눈앞의 고통만 생각한다면 다가올 미래까지 불행하게 느껴지게 됩니다. 이처럼 삶은 보는 시각에 따라 그 빛과 맛이 달라지는 것입니다.

우리는 고달픈 현실에 정신을 빼앗겨 그 뒤편에 가려져 있는 기쁨이나 행복을 보지 못합니다. 길을 가면서 발에 통증을 주는 자갈만 볼 뿐, 향기를 뿜어주는 들꽃을 보지 못하는 것과 같습니다. 우리는 삶이 힘든 만큼 또한 값지고 아름답다는 것을 알아야 합니다. 세상에서 가장 행복한 사람은 고통 뒤에 숨겨져 있는 행복을 찾아낼 줄 아는 사람입니다.

물은 물결이 일지 않으면 스스로 고요하고
거울은 흐리지 않으면 스스로 맑다.
마음도 이와 같아서 흐린 것을 버리면
맑음이 저절로 나타날 것이요,
즐거움도 구태여 찾지 말 것이니
괴로움을 버리면 즐거움이 저절로 있을 것이다.
— 채근담

쉬어가는 다이어리

내가 만들어 가는 운명

대부분의 사람들은 저마다 정해진 운명이 있다고 믿습니다.

그런데 하는 일마다 쉽게 잘 풀리는 사람이 있는가하면

꼬이기만 하는 사람도 있습니다.

이것이 과연 운명이라는 것 때문일까요?

두 개의 자화상

화가 렘브란트는 두 개의 자화상을 그렸습니다.

하나는 젊은 시절, 하나님을 자기 인생의 주인으로 모시고 살 때의 얼굴이고, 다른 하나는 그로부터 20년이 지난 후 하나님을 잃고 그저 시간의 무게에 눌려 주름살이 많아진 얼굴입니다. 이렇게 두 개의 자화상에는 20년이라는 긴 시간적 차이가 있기 때문에 그 모습이 다른 것은 당연합니다.

여기서 우리가 생각해야 할 것은 단순히 젊고 늙음의 차이가 아니라 바로 그 내면에 깔려 있는 이미지입니다.

젊은 시절의 자화상에서는 그가 하나님을 자기 삶의 주인으로 모시고 살았기에 부푼 희망이 보였고, 아름다운 꿈을 꾸는 듯한 평온함을 엿볼 수 있습니다. 그런데 20년 후의 모습에서는 하나님을 외면하며 살았기에 진실을 잃어버린 거짓된 모습, 즉, 주름진 얼굴, 뾰족하게 튀어나온 턱, 찌푸린 눈썹, 무겁게 내려앉은 눈꺼풀 등 희망이 사라져 버린 암울한 모습만 보일 뿐입니다.

사람은 마음속에 어떤 생각을 품고 있느냐에 따라 모습이 달라집니다. 아름답고 희망에 부풀어 세상을 살아간다면 모습 또한 긍정적이고 밝지요. 하지만 우울하고 절망적인 생각만 가득하다면 겉으로 드러나는 모습 역시 슬픈 그늘에 덮여 있을 것이 당연합니다.

지도는 우리에게 땅 위의 길을 알려 주고, 생각은 살아갈 인생의 길을 알려 줍니다.

생각이 어떤 색깔로 칠해지느냐에 따라 인생 또한 달라집니다. 생각이 밝고 긍정적이라면 어떤 어려움이라도 해결해나갈 수 있습니다. 그러나 매사에 부정적이고 소극적이라면 작은 난관도 극복하지 못하고 이내 포기하게 되겠지요.

항상 희망과 믿음을 잃지 않도록 노력합시다.

생각해 보십시오. 희망과 믿음을 잃어버려 온통 절망만 가득하다면 힘들여 살아야 할 이유가 무엇입니까? 지혜로운 사람은 자기의 앞날을 예견하고, 예비합니다. 우리 모두 그런 사람이 됩시다.

고귀한 사람

자신의 존재 가치에 대해 궁금해 하는 제자에게 스승이 보석을 하나 주면서 값을 알아보라고 했습니다.

제자는 먼저 야채가게에 들러서 주인에게 물었습니다.

"이 보석을 드리면 내게 무엇을 주겠소?"

"배추 두 포기는 주어도 될 것 같군요."

이번에는 대장간을 찾아가 같은 질문을 했습니다.

대장장이는 평소 보석에 관심이 많았던 사람이었습니다. 때문에 꽤 많은 돈을 주겠다고 제의했습니다. 그는 다시 보석상으로 들어갔습니다. 보석을 유심히 살펴본 보석상 주인은 놀라움을 금치 못하며 말했습니다.

"이 보석은 돈으로 계산할 수 없는 엄청난 가치를 지니고 있습니다."

제자는 돌아와 스승에게 자기가 들은 대로 설명했습니다. 그러자 스승이 말했습니다.

"사람도 마찬가지이니라. 자신을 하찮은 배추 두 포기에 팔아넘길 수도 있고, 더 많은 돈을 받고 팔아넘길 수도 있다. 하지만 자기가 하기에 따라서는 돈으로 따질 수 없을 만큼 고귀한 존재로 만들 수도 있다. 그 모든 것은 자신이 어떻게 생각하고 행동하느냐에 달려 있느니라."

자신의 존재 가치를 스스로 인정하고 귀하게 여겨야 합니다. 즉, 자신을 세상에서 가장 귀중한 존재라고 생각하는 것입니다. 그래서 자신을 함부로 다루지 않고 항상 사랑해야 합니다. 물론 이 이야기는 교만해지라는 뜻이 아닙니다.

　　이와 반대로 자신을 하찮고 쓸모없는 존재로 생각하는 사람이 있습니다. 이런 사람은 어디를 가더라도 인정을 받을 수 없지요. 왜냐하면 스스로가 자신을 함부로 여기기 때문에 타인들도 그 가치를 인정해주지 않는 것입니다.

　　우리는 잊지 말아야 합니다. 스스로 어떻게 생각하고, 행동하느냐에 따라 사람들에게 가치 있는 사람으로 인정을 받을 수도 있고, 하찮은 존재로 전락될 수도 있다는 것을.

아름다운 그릇의 비밀

한 사람이 유명한 옹기장이의 작업장을 방문했습니다. 그는 그릇 빚는 노인의 숙달된 솜씨와 그가 갓빚어 놓은 옹기들을 보고 감탄했습니다.

노인이 빚어 놓은 그릇들은 한결같이 아름답고 멋이 있었습니다. 그런데 잠시 후 그는 노인의 모든 수고가 헛되이 끝나버리는 것을 보았습니다. 옹기들을 가마에 넣자 그만 금이 가고 깨져버린 것입니다. 손상된 옹기는 아무 짝에도 쓸모가 없었습니다. 그는 노인에게 물었습니다.

"왜 그릇들이 깨졌을까요? 어느 것은 정성을 들여 잘 빚고, 어느 것은 허투루 빚은 탓입니까? 아니면 어느 것에는 사랑을 담고, 어느 것에는 미워하는 마음을 담았습니까? 그것도 아니면 그릇 만드는 재료 때문입니까?"

그러자 노인이 대답했습니다.

"그릇들이 불을 견디지 못했기 때문입니다."

우리가 살아가는 세상에는 수많은 시련들이 암초처럼 숨어 있습니다. 그런 시련들은 예기치 못한 순간에 찾아와 우리의 삶을 고달프게 하기도 하고, 한순간에 무너뜨리기도 합니다.

어떤 사람은 평생에 걸쳐 이룬 것을 앗기기도 하고, 또 어떤 사람은 살아갈 희망을 송두리째 날려버리기도 하지요. 그런 경험을 한 사람은 세상에 이보다 더 허무한 일이 또 있겠느냐고 비관하며 고통으로 괴로워합니다.

우리는 가끔 텔레비전이나 책을 통해 갖은 고생 끝에 성공을 일궈낸 사람들을 만납니다.

사실 그들이 지금의 정상에 오르기까지는 우리가 상상도 할 수 없는 숱한 어려움을 겪었을 것입니다. 그럼에도 그들이 정상에 오를 수 있었던 것은 보통 사람들과는 달리 쓰러질 때마다 다시 일어서는 의지가 강했기 때문입니다.

'성공하려면 시련을 이겨내고 절대로 포기하지 말라.'고 하는 충고를 겸허히 받아들여야 합니다.

보이지 않는 도움

세계적인 베스트셀러 소설 〈뿌리〉의 작가 알렉스 헤일리의 집을 방문한 한 친구가 그의 사무실에 걸린 사진을 보고 의아해했습니다. 그것은 거북이 한 마리가 높은 담장 위에 있는 모습을 찍은 사진이었습니다.

친구는 비아냥거리며 말했습니다.

"아니 웬 거북이 사진인가? 자네의 명성과는 걸맞지 않는 초라한 작품이로군."

그러자 헤일리가 대답했습니다.

"예사로 보면 그렇게 보일지 모르지만 나에게는 매우 중요한 것을 깨우쳐 주는 둘도 없는 것일세. 거북이는 걸음이 느리고, 또 높은 곳에는 오르지 못하기 때문에 혼자서는 도저히 담장 위에 있을 수 없지. 분명히 누군가 도와준 거란 이야기야. 이 사진은 '내가 굉장한 사람'이라고 스스로 자만에 빠질 때마다 큰 가르침을 주지. 거북이처럼 모자라고 부족한 내가 이 높은 자리에까지 어떻게 올라오게 되었는가를 말이야. 누군가가 뒤에서 나를 도와주었기 때문에 가능했다는 사실을 생각하게 해준다는 말일세."

성공이라는 정상에 올라선 대부분의 사람들은 언제나 겸손과 따뜻한 마음을 지니고 있습니다. 때문에 그들의 주위에는 그를 아껴주고 격려해주는 사람들이 많지요. 결코 성공이라는 황금열쇠는 혼자서 찾을 수 없다는 것을 그들은 압니다.

그러나 반대로 주위 사람들은 생각지 않고 독불장군으로 살아가는 사람들도 있습니다. 이런 사람들은 자신의 힘으로 뭐든지 할 수 있다는 자만심이 가득합니다. 그들은 세상에서 제 아무리 똑똑한 사람이라도 자기 혼자서는 성공할 수 없다는 사실을 알지 못합니다.

설사 그런 이기적인 마음으로 운 좋게 성공한다 하더라도 그 자리에서 얼마나 버틸 수 있을까요?

우리는 타인들과 서로 힘이 되어주며 살아가는 것입니다. 그렇기 때문에 모든 일이 잘되어 성공했을 때에는 누군가 자신의 뒤에서 도와준 사람이 있다는 사실을 결코 잊지 말아야겠습니다.

모자라지도 넘치지도 않게

사막을 오가며 장사하는 한 아라비아 상인이 실수로 잘못 든 길에서 오아시스를 발견했습니다. 알고 보니 그 길은 사막 을 가로지르는 지름길이었습니다. 이를 확인한 상인은 몹시 기뻤습니다.

그러나 그는 오아시스가 있는 지름길을 알아냈다는 이야기 를 아무에게도 하지 않았습니다. 많은 사람들이 그 오아시스 를 이용하게 되면 언젠가는 그곳의 물이 없어져 버릴지도 모 른다고 생각했기 때문이었습니다. 그 후부터 그는 사막을 횡 단할 땐 혼자서만 그 길을 이용하곤 했습니다.

오아시스 옆에는 키가 큰 야자수 한 그루가 서 있었습니다. 처음에는 그 그늘에서 지친 몸을 쉬어 가던 상인은 하루는 문 득 불안한 생각에 사로잡혀 전전긍긍하기 시작했습니다.

'이 나무 때문에 다른 사람들이 오아시스를 발견하게 되면 어떡하지? 게다가 이 커다란 야자수의 뿌리가 어느 날엔가는 귀한 샘물을 다 빨아 들여 말려 버릴지도 몰라'

생각을 거듭하던 상인은 결심했습니다. 야자수를 없애 버리 기로 한 것입니다. 결국 상인은 야자수를 잘라 버리고 나서야 마음 놓고 길을 떠날 수 있었습니다.

며칠 뒤 장사를 끝내고 돌아오는 길에 다시 오아시스를 찾았습니다. 그러나 오아시스는 감쪽같이 사라져 버리고 없었습니다. 그렇게 된 이유는 나무가 사라지는 바람에 그늘이 사라지고, 그늘이 없어지자 물도 말라버렸던 것입니다.

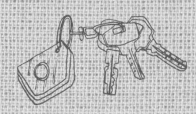

적당한 욕심은 때로 사람에게 발전을 가져다주고, 새로움에 대한 도전 의욕과 지칠 줄 모르는 열정을 불러일으킵니다. 사람을 긍정적인 모습으로 변화시켜 주는 것이지요. 하지만 욕심이 너무 과하다보면 가진 것까지 잃을 수가 있습니다.

중국의 어느 고승은 사람의 마음을 가장 타락하게 만드는 것은 욕심이라고 했습니다. 우리는 지나친 욕심을 비우고 적당함의 미덕을 배우도록 힘써야 합니다. 모자라지도 넘치지도 않을 때, 자신뿐만 아니라 타인들까지 돌아보는 마음의 여유가 생기는 것입니다. 이러한 마음으로 살아야 하루하루가 즐겁고 아름다운 날이 됩니다.

사랑하는 사람

　우리나라 최초의 여성 변호사였던 이태영 여사.

　그녀는 이화여자전문학교를 졸업하고 평양의 한 학교에서 아이들을 가르쳤습니다. 그때 평생의 반려자인 정일형 박사를 만나 결혼했지만 그녀는 오랜 시간 남편의 옥바라지를 해야 했습니다. 또한 미국 유학까지 하고 온 남편은 동지들을 규합하여 항일운동을 했으므로 항상 일본 경찰의 감시를 받아야 했습니다.

　결국 이태영 여사는 남편의 옥바라지와 식구들의 생계를 위해 교사 일을 그만두고 누비이불 장사를 시작했습니다. 이불보를 만드느라 밤새 가위질을 하고, 낮에는 이불을 머리에 이고 집집마다 찾아다니며 팔았습니다. 전차비를 아끼려고 수십 리를 걷는 날이 허다했습니다.

　남편 정일형 박사의 옥살이는 광복이 될 즈음에야 끝이 났습니다.

　그는 옥에서 나와 아내의 손을 잡는 순간 눈물을 왈칵 쏟았습니다. 아내의 손가락이 보기 흉할 정도로 크게 휘어져 있었기 때문이었습니다.

　그 동안 아내의 고생이 어떠했는지 그 휘어진 손가락으로 미루어 짐작하고도 남았습니다. 정일형 박사는 그런 아내를

위해 그때부터 힘든 가계를 꾸려갔고, 이태영 여사는 서른셋의 나이로 법학 공부를 시작했습니다. 해방 다음 해인 1946년의 일이었습니다.

훗날 남편 정일형 박사는 외국이나 여행을 다녀올 때면 아내를 위한 선물을 꼭 사 왔는데, 그것은 바로 가위였습니다. 잘 드는 가위 하나 가져 보는 것이 소원이었던 아내의 옛 소망을 풀어 주고 싶어서 그랬답니다. 그렇게 사 모은 가위가 200개가 넘었습니다.

살다보면 마음을 아픈 일들도 많이 만납니다. 그 중 하나가 사랑하는 사람이 힘들어 할 때입니다. 사랑하는 사람의 고생하는 모습을 지켜보아야 하는 것은 쉽게 표현할 수 없는 슬픔입니다.

진정으로 사랑하는 연인들은 사랑하는 사람을 위해서라면 뭐든지 해주고 싶어 합니다. 사랑하는 사람이 행복해하는 모습을 보고 있으면 덩달아 행복해지는데 이것이 진정한 사랑입니다.

사랑은 사랑하는 그 사람을 한없이 챙겨주고, 지켜주고 싶어 합니다.

아무리 거친 곳이라도 함께 하고 싶은 마음이 간절하지요. 사랑은 제 자신의 고통보다는 오로지 자신이 사랑하는 사람이 어디 아픈 데가 없는지, 불편해하지는 않는지, 신경 쓰게 합니다.

사랑은 사랑하는 사람을 항상 따라다니는 그림자와 같습니다. 마음이 온통 사랑하는 사람에게 모아져 있지요. 그래서 사랑을 헌신이라고 하나 봅니다. 그러나 그 헌신은 기쁨이고, 아름다움이지요. 이제 당신도 그런 사랑, 하나 가지십시오.

주면 줄수록 넉넉해지는

옛날 어느 임금님에게 공주가 하나 있었습니다. 그러나 그 공주는 중병을 앓아 사경을 헤매고 있었습니다.

의사는 묘약을 쓰지 않는 한 소생할 가망이 없다고 진단했습니다. 그래서 임금님은 자기 딸의 병을 고치는 사람을 사위로 삼는 동시에 자기가 누리고 있는 임금의 자리도 물려주겠다고 포고를 내렸습니다.

궁궐에서 먼 시골에 삼형제가 살고 있었습니다.

어느 날, 첫째가 우연히 마법의 망원경으로 그 포고문을 보고, 그 사정을 딱하게 생각해 셋이서 공주의 병을 고쳐 주자고 상의했습니다.

둘째는 마법의 양탄자를 가지고 있었고, 막내는 마법의 사과를 가지고 있었습니다.

양탄자는 아무리 먼 거리도 순식간에 갈 수 있었고, 마법의 사과는 어떤 병이라도 낫게 하는 명약이었습니다.

삼형제는 양탄자를 타고 왕궁에 도착하여 사과를 공주에게 먹게 했고, 그러자 공주의 병은 거짓말처럼 나았습니다.

모든 사람들은 뛸 듯이 기뻐했고, 임금님은 곧 잔치를 열고 새로운 왕위 계승자를 발표하기로 했습니다. 그러자 첫째가 말했습니다.

"만일 내가 망원경으로 포고문을 보지 못했더라면 우리들은 여기에 올 수 없었어."

이번에는 둘째가 말했습니다.

"만일 내 양탄자가 아니었더라면 이렇게 먼 곳까지 어떻게 올 수 있었을까?"

그러나 첫째와 둘째에게는 마법의 망원경과 양탄자가 그대로 남아 있었지만 막내에게는 아무것도 남아 있지 않았습니다. 명약이었던 사과를 공주가 먹어버렸기 때문이지요.

임금님은 막내를 차기 임금으로 지목했습니다.

왜일까요?

막내는 진심으로 공주가 병이 낫기를 바랐기에 자신의 하나밖에 없는 마법의 사과를 아끼지 않고 주었던 것입니다. 그것은 여간해서는 내리기 힘든 결정이었고, 임금님도 그 점을 높이 평가했던 것입니다.

이해득실을 따지거나 무언가를 바란다면 그것은 사랑이 아닙니다.

진정한 사랑은 자신이 가진 것을 모두 주어도 하나도 아깝지 않습니다. 오히려 주면 줄수록 마음이 넉넉해져 넘치도록 차오르는 것이 사랑입니다.

세상에는 진정한 사랑보다는 가식적인 사랑이 많은 듯합니다. 겉으로는 친절하고 자상하게 배려하는 듯하지만 그 속마음은 무언가를 바라는 가식의 사람이 있지요.

진실하지 않은 사람은 사랑이 지닌 고귀함을 어떤 목적에 이용하려 듭니다.

사랑은 모든 것을 자신보다 사랑하는 사람에게 줄 수 있어야 합니다. 그래서 자신이 고통과 불편을 감수하게 되더라도 사랑하는 사람을 편하게, 행복하게 해주어야 합니다.

사랑은 희생을 감내하는 우직함을 필요로 합니다.

인생의 지혜

한 현명한 유태인이 아들을 예루살렘의 학교에 보냈습니다. 그런데 아들이 그곳에서 공부하는 동안, 그가 그만 병을 얻고 말았습니다. 그는 아무래도 아들을 만나보지 못하고 죽을 것 같아 유서를 썼습니다.

유서의 내용은 전 재산을 노예에게 물려주되 아들에게는 그가 원하는 것 한 가지만 주라는 내용이었습니다. 이윽고 그는 세상을 떠났고, 노예는 주인의 아들에게 아버지의 부음과 함께 유서를 전달했습니다. 아들은 몹시 슬퍼하며 아버지의 장례를 끝낸 후, 랍비를 찾아가 전후 사정을 설명한 후 불평을 털어놓았습니다.

"아버지가 왜 저에게 재산을 그렇게밖에 물려주시지 않았을까요? 저는 아버지가 살아계시는 동안 아버지의 뜻을 거역한 적이 한 번도 없는데……."

그러자 랍비가 말했습니다.

"천만에, 자네 아버지는 매우 현명한 분으로 자네를 진심으로 사랑하신 것일세."

그러나 아들은 원망스럽게 말했습니다.

"재산을 노예에게 전부 물려주시고 자식에게는 한 가지밖에 남겨 주시지 않았는데도 말입니까?"

랍비가 다시 말했습니다.

"자네도 아버지만큼 현명해져야 하네. 자네 아버지가 무엇을 진심으로 바라셨는지 잘 생각해 보게. 그러면 자네 아버지께서 자네에게 훌륭한 유산을 남겨 주셨다는 것을 깨달을 수 있을 걸세. 자네 아버지는 임종할 무렵 자네가 집에 없기 때문에 노예가 재산을 가로채 도망쳐 버리거나, 자기가 죽었다는 사실조차 자네에게 전하지 않을 것을 염려해서 재산 전부를 노예에게 준다고 하신 걸세. 재산을 받은 노예는 기쁜 나머지 자네에게 달려가 그 사실을 확인시키려 할 것이므로 그렇게 되면 재산이 고스란히 보존될 것 아닌가?"

아들은 고개를 갸웃거리며 다시 물었습니다.

"그렇지만 그것이 저에게 무슨 소용이 있습니까?"

랍비는 답답한 듯 말했습니다.

"젊은이라 역시 지혜가 부족하군. 노예의 재산은 모두 주인에게 속한다는 사실을 자네는 모르나? 자네의 부친은 자네가 원하는 것 중 한 가지만은 자네에게 물려주신다고 말씀하시지 않았나? 자네는 노예를 선택하면 되는 걸세. 이것이야말로 아버지의 현명한 생각이 아닌가?"

'노인의 몸은 느리지만 생각은 젊은이보다 빠르다.'라는 말이 있습니다. 아무리 책을 많이 읽은 젊은 사람일지라도 다양한 경험을 한 노인의 지혜를 따라가기는 어렵습니다.

사람들은 책 속의 지식이 전부라고 생각하기 쉽습니다. 그러나 책 속에서 배우는 지식은 이론적인 것에 지나지 않습니다. 하지만 경험에서 얻어낸 지식은 몸과 마음으로 느껴서 깨달은 지혜입니다. 이렇게 몸소 경험하여 배운 지혜가 값지고 중요합니다.

어느 철학자는 '하늘은 사람의 나이에 맞게 지혜를 준다.'고 말했습니다. 젊은 사람은 젊은 사람에 맞게, 그리고 나이 든 사람은 그 나이에 맞게 지혜를 내려준다는 것이지요. 때문에 많이 살지 않은 젊은 사람의 지혜가 짧은 것은 지극히 당연한 일입니다.

세상을 살면 살수록 책에서 배우는 지식보다 인생을 살며 배우는 지혜가 더 가치 있다는 것을 깨닫게 될 것입니다.

물이 흐르듯 살아간다면

알렉산더 대왕이 이스라엘에 왔을 때 한 유태인이 물었습니다.

"혹시 대왕께서는 우리가 가지고 있는 이 금은보화가 탐나지 않으시나요?"

알렉산더 대왕은 단호하게 말했습니다.

"금은보화는 내게도 많이 있기에 그것은 조금도 부럽지 않다. 다만 유태인들의 전통과 그들이 생각하는 정의를 알고 싶어서 왔을 뿐이다."

알렉산더 대왕이 머무는 동안, 두 사람이 랍비에게 상의를 하기 위해 왔습니다. 그들의 이야기는 이랬습니다. 즉, 두 사람 중에 한 사람이 상대에게서 넝마더미를 샀더랍니다. 그런데 그 물건을 산 사람은 나중에 넝마 속에 많은 돈이 있는 것을 발견했답니다. 그래서 그는 넝마를 판 사람에게 가서 말했답니다.

"나는 넝마를 산 것이지 돈까지 산 것이 아니니 이 돈은 당신에게 돌려주겠소."

그러나 넝마를 판 사람은 의견이 달랐답니다.

"아니지요. 나는 당신에게 넝마더미 전체를 판 것이니까 그속에 무엇이 들어 있든지 그것은 모두 당신 것입니다."

한참을 골똘히 생각하던 랍비가 이렇게 판결을 내렸습니다.

"이렇게 하면 어떻겠소? 당신에게는 딸이 있고, 그리고 당신에게는 아들이 있소. 그러니 그들을 결혼시킨 다음 그 돈을 그들에게 주면 좋을 것 같은데……."

그 두 사람이 돌아간 후 판결을 내려주었던 랍비가 알렉산더 대왕에게 물었습니다.

"이런 경우, 대왕께서는 어떻게 판결하시겠습니까?"

알렉산더 대왕이 대답했습니다.

"나 같으면 두 사람을 죽이고 그 돈을 내가 갖는다. 이것이 나의 정의다!"

세상에는 수많은 사람들이 함께 살아갑니다.

그런데 놀랍게도 모든 사람들의 생각과 행동은 저마다 다릅니다. 때문에 자신의 생각을 상대방에게 이해해달라고 강요해선 안 됩니다. 저마다 가치 기준이 다르기에 판단이 일치할 수는 없는 것이지요.

며칠 전에 책에서 읽었던 글귀가 생각납니다.

그 글은 모든 사람들이 물 흐르듯 살아간다면 다른 사람과의 마찰을 빚는 일은 없을 것이라고 끝맺고 있었습니다.

그러나 인생을 거스르지 않고 순순히 순응만 하며 살아간다는 것은 매우 힘든 일입니다. 깊은 산속의 수도승이 아닌 이상 그렇게 살아갈 수는 없겠지요.

우리가 잊지 말아야 할 것은 자신이 하기 싫은 일을 남에게 강요해서는 안 된다는 것입니다. 자신이 하기 싫은 일은 분명 상대방도 하기 싫어 할 것이기 때문이지요.

스스로 자신을 낮출 때

프랑스의 제9대 대통령이었던 포항가리에 관한 이야기입니다. 그가 그의 쏠버대학 은사였던 라비스 박사의 교육 50주년을 축하하는 기념식에 참석했습니다.

많은 축하객들이 화기애애하게 담소를 나누는 가운데 식이 시작되었습니다. 라비스 박사는 자기가 답사를 할 차례가 되자 단상에서 내려와 객석으로 내려갔습니다.

그곳 학생석의 맨 뒷자리에는 지난 날 자신의 제자였던, 그러나 지금은 한 나라의 대통령이 된 포항가리가 앉아 있었습니다.

라비스 박사는 그를 단상으로 모시려 했던 것입니다. 그러자 포항가리 대통령이 말했습니다.

"선생님! 저는 선생님의 제자입니다. 그리고 오늘의 주인공은 선생님이십니다. 저는 대통령의 자격으로 이 자리에 온 것이 아니라 선생님의 제자로서 축하를 드리려고 왔습니다. 그런데 제가 감히 선생님이 계시는 단상에 오르다뇨? 저는 선생님의 영광에 누가 되는 일은 하지 않겠습니다."

라비스 박사는 다시 단상으로 올라가 말했습니다.

"여러분! 저렇게 훌륭하고 겸손하신 대통령이 나의 제자라니 꿈만 같습니다. 우리 나라는 이제 저런 분을 대통령으로 모

셨으니 사회적으로는 더욱 안정되고, 경제적으로도 부강해질
것입니다."

　모든 영광을 스승에게 돌리고, 공과 사를 분명히 구분할 줄
알았던 포항가리 대통령의 명성이 더욱 높아진 것은 당연한
것이었습니다.

　인격은 자신을 스스로 낮출수록 오히려 높아집니다.

　우리 주위에는 자신이 남들보다 우월하다는 것을 자랑하기 위
해 스스로를 높이려는 사람들이 많이 있습니다. 자신이 지닌 재능
이나 학식 등을 상대방에게 은근히 강조하는 사람들이 그런 사람들
이지요. 그러나 이러한 사람들은 정작 중요한 것을 알지 못합니다.
인격은 자랑이나 과시에 의해서 쌓아지는 것이 아니라는 것을.

　인격을 현상적으로 설명하자면 마치 바다에 떠 있는 빙산과 같
아서 겉으로 드러나는 부분보다 보이지 않는 부분의 비중이 훨씬
큽니다. 진심으로 친절하고 따뜻한 마음씨를 보일 때, 혹은 자신보
다 남을 먼저 배려할 때 고매한 인격이 생겨나는 것이지요.

다시 강조하거니와 다른 사람 앞에서 자신을 낮추는 겸양을 보이는 것은 자신의 인격을 낮아지게 하는 것이 아닙니다.

우리의 속담에 지는 것이 이기는 것이라는 말이 있는데 이를 그대로 인격에 비유한다면 낮추는 것이 높아지는 것이라는 말이 되겠지요.

그렇습니다.

인격은 자신을 낮추고 다른 사람을 높일 때, 높아지는 것입니다.

사과나무

　나이가 많이 들어 보이는 노인이 과수원에서 어린 과일묘목을 심고 있었습니다. 지나가던 젊은 사람이 그 노인에게 물었습니다.

　"노인께서는 그 나무에 언제쯤 열매가 열릴 거라고 생각하십니까?"

　노인은 계속해서 나무를 심으며 대답했습니다.

　"아무래도 칠 년쯤은 걸리겠지."

　젊은이가 또 다시 물었습니다.

　"그러면 노인께서는 그때까지 사실 수 있을까요?"

　노인은 조용히 젊은 사람을 바라보며 말했습니다.

　"물론 그때까지 살 수는 없겠지. 하지만 그런 게 아니야. 내가 태어났을 때 과수원에는 열매가 풍성했었어. 그것은 내가 태어나기 전에 아버지가 나를 위해 묘목을 심어두었기 때문이지. 지금 내 경우도 그렇다네."

　지금 하고 있는 일의 목표가 오랜 시간을 필요로 한다고 해서 포기하고 있지는 않나요?

　어린 사과나무를 심으면 사과가 금세 열리지 않는다는 것은 누구나 알고 있습니다. 이와 같이 지금 자신이 하고 일들 중에는 바로 결실을 맺을 수 있는 일도 있고, 그렇지 않은 일도 있습니다. 지금 바로 결실을 볼 수 없는 일이라고 해서 하던 일을 포기해선 안 됩니다.

지금 당신이 어떠한 일을 하고 있다는 것은 바꾸어 말하면 당신이 살아 있다는 뜻이기도 합니다. 우리의 존재이유 같은 깨달음은 일을 하는 과정에서 느낌으로 알게 되는 것이지요. 행복이나 기쁨은 목표를 향해 나아가는 과정에서 얻는 것입니다.

삶이 나에게 주는 행복 여행

내가 만들어 가는 운명

한 할머니의 이야기입니다.

그녀는 길을 가다가 갈림길이 나오면 공중으로 지팡이를 던져서 땅에 떨어질 때 가리키는 방향으로 갔습니다.

어느 날.

그날도 할머니는 갈림길에 다다르게 되자 여느 때와 마찬가지로 지팡이를 공중에 던졌습니다. 그런데 한 번만 던지는 것이 아니라 계속 반복해서 던졌지요.

지나가던 사람이 물었습니다.

"당신은 왜 그렇게 막대기를 여러 번 던집니까?"

그러자 할머니가 말했습니다.

"이 막대기가 계속 오른쪽으로 가는 길만 가리키잖아요. 나는 왼쪽으로 가고 싶은데……."

대부분의 사람들은 저마다 정해진 운명이 있다고 믿습니다. 그런데 하는 일마다 쉽게 잘 풀리는 사람이 있는가 하면 꼬이기만 하는 사람도 있습니다. 이것이 과연 운명이라는 것 때문일까요?

나는 그렇게 생각하지 않습니다.

　　사람에 따라 약간의 행운은 있을지 몰라도 그 이상은 자신의 노력에 달렸다고 생각합니다. 부족한 부분을 노력으로 채우고, 언제 다가올지 모르는 기회를 위해 항상 준비하는 사람. 그런 사람에게 기회는 찾아듭니다. 그러나 게으른 사람이나 노력하지 않는 사람에게는 절대로 오지 않습니다.

　　만일 우리에게 운명이 있다면 그것은 자신이 만들어 가는 것일 테지요. 시련에 굴하지 않고 인내와 지혜로 극복할 때, 운명은 불행이 아닌 희망의 편에 섭니다.

희망이 손짓할 때

미국의 어느 병원, 중환자 병동에 심한 화상으로 목숨이 위태로운 소년이 입원하고 있었습니다. 그런데 그 병원의 봉사자들은 그 병원에 입원했던 청소년들이 치료된 후 복학할 때에 대비하여 공부를 가르쳐 주었습니다.

어느 날, 처음 봉사를 나온 한 대학생이 중환자실의 환자들은 해당되지 않는다는 것을 모르고 그 병실에 들어가 화상을 입은 그 소년에게 공부를 가르치기 시작했습니다.

그런 일이 계속되자 놀라운 일이 일어났습니다. 회복 가능성이 희박하던 그 소년의 건강이 기적처럼 좋아지기 시작한 것입니다. 공부가 계속될수록 소년의 상처도 같은 속도로 나아갔습니다. 뿐만 아니라 늘 침울해하던 성격도 점점 밝아졌습니다.

드디어 얼굴의 붕대를 풀게 되던 날, 소년에게 그 이유를 물었더니 소년은 이렇게 대답했습니다.

"사실은 저는 병이 나을 가망이 없다고 생각하고 삶을 포기하고 있었는데 대학생 형이 다음 학기 영어시간에 배울 문법을 가르쳐주었어요. 그때 저는 이런 생각이 들었습니다. '아, 의사 선생님들이 내가 나을 수 있다고 판단했나보다. 그렇지 않고서야 이렇게 붕대를 칭칭 감고 있는 나에게 공부를 가르쳐 줄 리가 없지 않은가.' 그때부터 마음이 기뻐지고 살 수 있다는 희망이 생기기 시작했습니다."

우리의 마음속에는 믿음이라는 씨앗이 있습니다. 이 씨앗은 다양한 형태의 용기와 희망으로 자랍니다. 아무리 힘든 일이나 어려움에 처해 있어도 이 씨앗만 잘 싹틔워 키워 가면 다시 일어설 수 있지요. 우리가 세상을 살아갈 수 있는 힘은 바로 이 믿음의 씨앗에서 생깁니다.

병원에서 힘겹게 병마와 씨름하는 사람이 꼭 완쾌될 수 있을 거라고 생각하는 믿음! 비록 현실은 고달프지만 곧 좋은 일들이 생길 거라고 생각하는 믿음! 이렇게 믿음을 잃지 않는 사람은 반드시 바라는 바 소망을 이룰 수 있을 것입니다.

소금 같은 지혜

2차 세계대전에 앞서 프랑스는 독일의 공격에 대비하여 마지막 방어진지를 구축했습니다.

이 진지는 당시 프랑스 육군 장관이던 앙드레 마지노의 이름을 따서 마지노 진지라고 불렀습니다. 프랑스는 이 요새를 만들기 위해 1차 세계대전 때의 경험을 토대로 1927년부터 10년 간 공을 들였습니다.

전차의 침입을 막기 위하여 이중 철골 벽과 직경 6m의 콘크리트 벽을 구축하고, 보병을 막기 위한 철조망 지대도 설치했습니다. 탄약고와 통신선도 지하 깊숙이에 설치, 당시로선 그야말로 난공불락의 요새였습니다.

그러나 막상 2차 대전이 터졌을 때 이 마지노 진지는 아무 소용이 없었습니다.

1940년 5월, 독일이 벨기에와 룩셈부르크로 우회해서 침공하는 바람에 마지노 진지는 제대로 힘 한번 써보지 못한 채 무너지고 말았습니다.

세상 곳곳에는 바다 속의 암초처럼 시련이 숨어 있습니다.

시련은 우리가 전혀 예상치 못할 때 흉측한 몸을 갑자기 드러내지요. 이런 순간엔 대부분의 사람들은 허둥대거나 좌절하기 쉽습니다.

이렇듯 자신의 일에 최선을 다했지만 가끔 난처한 상황에 처할 때가 있습니다. 어려움이 일어날 까봐 철저히 방비를 했지만 맥없이 무너질 때도 있습니다. 그러나 그러한 경우에도 용기를 잃지 말아야 합니다. 이런 순간에 가장 필요한 것은 소금 같은 인내가 아닐까 생각합니다.

어리석은 벼룩

선생님이 생물시간에 학생들에게 벼룩이 뛰는 모양을 관찰하도록 하였습니다.

학생들은 수십 마리의 벼룩을 책상 위에 올려놓고 지켜보기 시작했습니다. 벼룩들은 제각각 한껏 뛰어 올라 금방 사라져 버렸습니다.

선생님은 이번에는 커다란 유리그릇으로 벼룩을 덮어 놓고 다시 관찰하도록 하였습니다. 벼룩들은 여전히 힘껏 뛰었습니다. 그러나 그때마다 유리그릇에 부딪혔습니다. 그렇게 몇 번의 실패를 거친 후, 벼룩들은 더 이상 높이 뛸 수 없다는 사실을 깨닫고는 그릇에 부딪히지 않을 정도로만 뛰었습니다. 그런 후에 다시 유리그릇을 치워 주어도 벼룩들은 여전히 그릇 높이 이상으로는 뛰지 않았습니다. 벼룩 스스로 자기의 한계를 정해 놓았기 때문이었습니다.

모든 사람에게는 무한한 가능성이 잠재되어 있습니다. 무엇이든 할 수 있다는 가능성을 깨닫는다면 그 어떤 불가능한 일도 있을 수 없지요.

그동안 당신이 여러 번 실패했다 해도 스스로 정해놓은 한계를 걷어내고 다시 도전한다면 끝내는 성취할 수 있습니다. 불가능이란 단어는 '나는 할 수 없어.'라고 단정 짓고 포기할 때 존재합니다.

이 글을 읽는 당신은 어떤가요? 할 수 있는 일인데도 지레 겁먹고 포기하고 있지는 않은가요?

소중한 것

당신은 세계적으로 널리 알려져 있는 자동차 왕 헨리 포드를 알고 있을 것입니다.

나는 지금 그와 얽힌 재미있는 이야기를 하려고 합니다. 이 이야기는 그와 전기 전문가였던 난쟁이 스타인 맥스와의 사이에 있었던 일입니다.

스타인 맥스는 미시간 주 디워드 포드에 있는 헨리 포드의 첫 번째 공장에 큰 발전기를 설치했습니다.

그런데 어느 날, 이 발전기에 고장이 생겨 가동이 되지 않았습니다. 많은 전기공들과 기술자들이 불려 와서 고치려고 했지만 실패했습니다. 물론 그 동안 공장이 쉬어야 했기 때문에 엄청난 손해를 보았지요.

헨리 포드는 혹시나 하는 마음으로 스타인 맥스를 불렀습니다. 그는 도착하자마자 여기저기를 살폈습니다. 그리고 특별한 조치를 한 것 같지 않았는데도 그가 스위치를 올리자 공장이 다시 가동되었습니다.

며칠 후, 헨리 포드는 스타인 맥스로부터 일만 달러의 임금 청구서를 받고는 깜짝 놀랐습니다. 스타인 맥스가 대충 몇 군데 두드려 보고 고친 삯치고는 너무 비싸다는 생각이 들었던 것입니다. 그래서 다음과 같은 메모와 함께 돌려보냈습니다.

"이 청구서의 금액은 당신이 불과 몇 시간 모터를 두드리면서 고친 삯으로는 너무 비싼 것이 아닙니까?"

그러자 스타인 맥스로부터 이런 답장이 왔습니다.

"모터를 두드리며 일한 임금이 10달러, 어디를 두드려야 할지를 찾아낸 것이 9,990달러, 합계 일만 달러입니다!"

그를 본 포드는 빙긋이 웃고는 그 금액을 다 지불했답니다.

삶 속에는 수많은 어려움이 있습니다. 살아가다 보면 도미노 게임처럼 단 하나의 문제가 다른 문제로까지 연이어 생길 때가 있습니다. 이럴 때 무엇이 문제인지, 그리고 해결책이 무엇인지 알 수 없다면 발만 동동 구르게 되겠지요.

모든 일들이 계획대로 척척 진행되는 일은 거의 없습니다. 한 두 가지씩은 어려움을 지니고 있게 마련이지요. 기계가 고장 났을 때 어디가 잘못되었는지 정확하게 알 수 있어야 하듯이 자신의 일에 진전이 없거나 자꾸만 틀어질 때, 잘못된 부분을 정확히 찾아낼 수 있어야 합니다.

헨리 포드로부터 일만 달러라는 거금을 수리비로 받은 스타인 맥스.

쉽지 않은 삶을 살아가는 우리도 문제점을 정확하게 찾아내는 스타인 맥스 같은 능력이 필요합니다.

항상 침묵을 지키는 사람은 하느님께 가까워지기가 쉽다.
그러나 입이 가벼운 사람은 그 입술을 쓸데없이 놀리고
그 후에 외로움과 초조함을 느끼게 된다.
후회는 장차 그 사람이 그 후회한 것을
삼가려고 결심한 때에만 진실하다.
— 탈무드

너와 함께하는 행복여행

행복의 씨앗

당장은 돌아오는 것이 없지만
문득 삶을 되돌아보는 나이가 되었을 때
어느 한켠에서 행복의 씨앗이 자라고 있다면
얼마나 좋겠습니까?

누구나 소중한 사람

제너럴 일렉트릭 사의 회장이었던 잭 웰치는 그의 경영 기술의 많은 것들을 자기 어머니에게서 배웠다고 술회했습니다. 특히 경영에서의 어려운 문제들을 풀어나가는 데 절대적으로 필요했던 자신감은 그의 어머니로부터 물려받은 것이라고 강조했습니다.

학생 시절, 그의 어머니는 그가 학교에서 4개의 A와 1개의 B를 받은 성적표를 가지고 오면 먼저 왜 B를 받게 되었느냐고 물었습니다. 하지만 마지막에 가서는 언제나 A를 받은 것을 칭찬해주며 그를 안아주었습니다. 어머니는 그로 하여금 자신이 얼마나 소중하고 사랑 받는 사람인지를 알게 해주었던 것이지요.

웰치는 어렸을 때 말을 더듬는 습관이 있었는데 잘 고쳐지지가 않았습니다. 때문에 가끔씩 말을 더듬어서 낭패를 당하거나 웃음거리가 되기도 했습니다. 그 때마다 어머니는 그가 말을 더듬는 이유를 이렇게 설명해주었습니다.

"그건 네가 똑똑하기 때문이야. 어떤 혀도 네 똑똑한 머리를 따라갈 수는 없을 거야. 그러니 말을 더듬는 것에는 신경을 쓰지 마!"

어머니가 그에게 심어준 자신감은 그가 경영자로 성공하는 데 큰 힘이 되었던 것입니다.

살아가는 중에 다른 사람의 마음을 얻는 사람은 어떤 사람일까요? 아마 다른 사람의 소중함을 알고 인정해주는 사람일 겁니다. 왜냐하면 누구든지 자신의 소중함을 알아주는 사람에게 마음을 열지 않는 사람은 없으니까요.

누구나 마음속에는 타인에게 인정을 받고 싶고, 사랑을 받고 싶은 욕구가 있습니다. 때문에 야단보다는 따뜻한 격려가 더 큰 힘을 발휘하지요.

또 아무리 장점보다 단점이 많은 사람도 장점을 부각시켜준다면 큰 용기를 얻고, 또 스스로의 단점을 고치게 됩니다.

말더듬이에다 단점 투성이였던 잭 웰치가 성공할 수 있었던 이유를 곰곰이 생각해보면 깨우치는 바가 많을 것입니다.

1펜스의 바이올린

아주 낡고 보잘것없는 바이올린 하나가 경매에 붙여졌습니다. 어떤 사람이 1펜스를 불렀습니다. 그러자 사람들은 폭소를 터뜨리며 그에게 주라고 떠들었습니다. 경매인은 잠시 방안의 분위기를 가라앉힌 뒤 혹시나 하는 생각으로 물었습니다.

"여러분 가운데 누가 이 바이올린으로 연주를 한번 해볼 사람 없습니까?

잠깐의 침묵이 흐른 뒤 한 노인이 앞으로 걸어 나왔습니다. 그 노인은 그 낡은 바이올린을 턱으로 괴고 몇 번 활을 긁어 음을 맞추고 나서 연주하기 시작했습니다.

그 보잘 것 없는 바이올린에서 뽑아져 나오는 음률은 참으로 절묘했습니다. 순간 방안에 있던 사람들은 모두 매혹되어 숨을 죽이고 귀를 기울였습니다. 아름다운 멜로디가 끝났을 때 방안은 감동의 박수갈채로 진동했습니다. 경매인은 다시 바이올린을 들고 값을 물었습니다.

"5파운드!"

"10파운드!"

그렇게 값이 올라가기 시작한 바이올린은 100파운드라는 고가에 낙찰되었습니다.

아무리 값비싼 보석이라도 그 가치를 모른다면 아무런 소용이 없습니다. 반대로 아무리 하찮은 물건이라도 꼭 필요한 사람에게는 보석과도 같은 가치를 지닙니다.

사람도 마찬가지입니다. 주어진 재능을 필요로 하는 곳에 적절히 발휘하면 더 없이 소중한 사람으로 대접받게 됩니다. 혹자는 이렇게 생각하고 미리 포기하는 사람이 있을지도 모릅니다.

"나 같은 사람에게 무슨 재능이 있어?"

그러나 그렇지 않습니다. 세상 모든 사람에게는 반드시 한 가지씩은 타인들보다 뛰어난 재능이 있습니다. 다만 그 재능을 발견하지 못했을 뿐이지요.

우리는 자신의 분야에서 성공을 일군 사람들의 이야기를 잘 알고 있습니다. 그들은 보잘것없는 바이올린을 연주해 아름다운 선율을 내는 사람과 같습니다. 지금부터 자신에게 숨겨진 보석을 찾아내기 위해 깊게 성찰합시다.

맥아더 장군의 희망 메시지

미국의 더글러스 맥아더 장군이 1956년, 로스앤젤레스에 있는 한 대학에서 다음과 같은 말을 남겼습니다.

"여러분은 신념이 있으면 젊은이이지만, 두려움을 가지면 늙은이입니다. 또 희망을 품으면 젊은이이지만, 절망을 품으면 늙은이입니다.

그리고 모든 사람의 마음 한 가운데에는 녹음실이 있습니다. 이 녹음실에 아름다움과 희망과 용기에 관한 말이 들어오는 동안에는 젊어집니다. 그러나 녹음실로 연결되는 전선이 끊어지고 여러분의 마음이 염세라는 눈덩이와 회의라는 얼음으로 뒤덮이게 되면 그때부터는 늙게 됩니다."

예술가들은 마음이 무기력해져 창조력을 잃게 되면 나이 들었다고 합니다.

반대로 마음이 젊고 활기 차 창조력이 활발하면 나이에 관계없이 청춘이라 하지요.

사람은 단지 나이가 많다고 해서 늙은 것이 아닙니다.

비록 나이는 황혼을 지나고 있더라도 자신의 마음속에 신념과 희망이 있다면 젊은 것입니다.

맥아더 장군의 말처럼 어떠한 상황에서라도 희망을 품고 절망하지 않는다면 누구나 파릇파릇한 청춘입니다.

친절이 친절을 낳는다

어떤 항구에 예인선 한 척이 있었습니다.

그런데 이 예인선의 선장은 성격이 아주 과격해 운전을 난폭하게 했습니다.

그의 예인선이 다른 배를 이끌 때에는 배 안에 있는 선원들이 넘어져 다치거나 물건들이 부딪쳐 부서지는 일들이 다반사로 일어났습니다. 때문에 사람들은 그 예인선을 '미친 배'라고 불렀습니다. 그리고 다른 예인선을 구할 수만 있으면 그 예인선에게 예인을 의뢰하지 않으려고 했습니다.

어느 날, 어떤 배 한 척이 예인선의 도움이 필요했습니다. 그러나 이 '미친 배' 말고는 다른 선택의 여지가 없었습니다. 그래서 어쩔 수 없이 그 배에게 부탁을 했는데 놀랍게도 예전과는 달리 아주 유연하고 부드럽게 예인을 해주었습니다. 과거와는 달리 아주 조심스럽게 운전을 했던 것입니다. 덕분에 배 안에 있던 접시나 유리 컵 등 파손되기 쉬운 물건들이 하나도 깨어지지 않고 안전하게 항구에 도착했습니다.

예인을 부탁했던 배의 선장이 놀라서 물었습니다.

"아니, 도대체 이 배에 무슨 일이 일어났습니까? 옛날과는 완전히 달라졌네요!"

그 때 예인선에 타고 있던 선원이 대답했습니다.

"선장이 바뀌었거든요."

　한 사람의 무례한 행동이 많은 사람들에게 불쾌감을 주곤 합니다.

　무례하고 방약무인한 사람은 자기 자신은 편할지 몰라도 곁에 있는 사람들한테는 불안한 마음을 갖게 하지요. 우리는 항상 누구한테든지 친절한 마음으로 대해야 합니다.

　나는 영화를 좋아해 극장엘 자주 가는 편입니다.

　깜깜하고 조용한 극장 안에서 가끔 앞에 앉은 사람이 불쑥불쑥 일어서거나, 옆 사람에게 큰소리로 말하는 바람에 중요한 장면을 놓칠 때가 있습니다. 그런 일을 당하고 나면 영화감상을 망쳤다는 기분에 불쾌하기 짝이 없지요.

　사람은 누구든지 자신에게 친절히 배려해주는 사람에게는 똑같이 부드러워지고 친절해집니다. 다른 사람이 함부로 말을 하거나 행동할 때, 나부터 먼저 변화하고 달라지면 어떨까요? 그러면 그 사람도 나처럼 변화하지 않을까요?

내 것이 아닌 것에 대한 집착

여우가 길을 가다가 주렁주렁 탐스럽게 열려 있는 포도를 보고는 군침을 흘렸습니다.

그래서 울타리의 작은 구멍을 발견하고 들어가려고 했습니다. 하지만 여러 번 애를 썼지만 헛수고였습니다. 궁리 끝에 여우는 사흘을 꼬박 굶어서 몸의 살을 뺀 다음에 간신히 통과했습니다.

포도밭에 들어간 여우는 마음껏 포도를 따먹었습니다. 그리고 배가 부른 여우는 나가기 위해 울타리 구멍으로 머리를 들이밀었습니다. 그러나 배가 너무 부른 탓으로 빠져나올 수가 없었습니다.

여우는 빠져나오기 위해 오랜 시간 동안 안간힘을 쓰다가 생각했습니다. 그것은 또 다시 굶어서 살을 뺀 다음에 나온다는 것이었습니다. 그렇게 여우는 가까스로 빠져나올 수 있었습니다. 겨우 빠져나온 여우는 홀쭉해진 배를 쓰다듬으며 이렇게 불평했습니다.

"젠장! 결국 배가 고프기는 들어갈 때나 나올 때나 마찬가지잖아."

　　대부분의 사람들은 내 것이 아닌 것에 더 집착을 합니다. 자기
에게는 없는 것이 다른 사람에게는 있다면 당연히 부럽다는 생각이
들겠지요. 그래서 자기도 그것을 가졌으면 하고 생각할 것입니다.

　　그러나 우리는 자신의 것이 아닌 것에 대해서 집착이나 탐욕을
버려야 합니다. 설사 원하는 것을 강제로 얻는다 하더라도 그것은
결코 자신의 것이 아님을 알아야 합니다. 억지로 취한 것은 반드시
불행을 가져와 늘 불안으로 움츠리며 살게 합니다. 지나친 과욕 없
이 선하게 사는 삶이 아름답고 행복합니다.

진정한 친구

옛날이야기입니다.

관청에서 일을 하는 어떤 사람이 친구 셋과 함께 한 집에서 생활했습니다.

하루는 그중의 한 사람이 휴가를 받아 고향으로 내려갔습니다. 그런데 그 사이 집에서 도난 사건이 일어났습니다. 남은 한 친구의 돈주머니가 없어진 것이었습니다. 그 친구는 남아 있는 한 사람을 의심했습니다. 의심을 받게 된 친구로서는 참으로 난처한 일이 아닐 수 없었습니다. 친구에게 아무리 자신이 훔치지 않았다고 말해도 그 말이 통하지를 않았습니다.

할 수 없이 그는 친구에게 물었습니다.

"얼마를 잃어 버렸나?"

"알면서 묻긴 왜 물어? 30냥이잖아."

그는 할 수 없이 돈을 빌려서 30냥을 친구에게 주었습니다.

"미안하게 되었네, 용서해 주게."

그러자 친구는 한껏 자비를 베푸는 태도로 돈을 받으며 말했습니다.

"이번만은 용서해 주겠네. 앞으로 다시는 그러지 말게!"

며칠 후, 고향에 내려갔던 친구가 올라 왔습니다. 그 친구는 돈 30냥을 친구에게 주면서 말했습니다.

"미안하네. 자네 돈주머니가 내 것인 줄 잘못 알고 가져갔네. 집에 도착해서 보니 내 돈주머니는 따로 있지 않겠나."

그러자 친구를 의심했던 그 친구는 미안하여 두 손을 비벼댔습니다.

진정한 친구란 오래 묵어 향기가 그윽한 포도주와 같습니다. 진정한 친구는 모든 사람들이 비난의 손가락질을 할 때에도 끝까지 믿음으로 감싸 안아줍니다. 친구라는 말은 믿음을 의미하는 것입니다.

세상에는 우리가 생각하는 이상으로 많은 어려움이 있습니다.

때론 마음에 상처를 입기도 하고, 좌절하기도 합니다. 하지만 이런 온갖 시련이 닥치더라도 곁에 바위처럼 든든한 친구가 있다면 용기를 얻을 수 있겠지요.

많은 사람들은 자신의 이야기를 귀담아 들어줄 친구가 없다고 말합니다. 하지만 그렇게 말하기 전에 자신이 친구의 고충을 진정한 가슴으로 들어주었는지 묻고 싶습니다.

당신도 지금 한번 생각해보십시오. 당신에게 세상 모든 이들이 손가락질하고 비난하더라도 믿음을 저버리지 않고 당신 편에 서 줄 그런 친구가 과연 몇 명이나 있는지……

아름다운 실수

어느 여인이 비행기 출발시간이 조금 남아 있는 것을 확인하고 상점으로 가서 잡지 한 권과 과자 한 봉지를 사 들고 왔습니다. 그리고 대합실 의자에 앉아 방금 구입한 잡지를 읽고 있었습니다.

잠시 뒤, 뭔가 부스럭거리는 소리에 고개를 돌려 보았습니다. 그런데 어떤 남자가 조금 전 자신이 사다가 놓아둔 과자봉지를 뜯는 것이었습니다. 당황했지만 그렇다고 그깟 과자 한 봉지를 가지고 무어라고 한다면 속 좁은 아녀자라는 소리를 듣게 될까봐 그저 참고 있었습니다. 그런 그녀의 마음을 아는지 모르는지 그 남자는 뜯어 놓은 과자를 아무렇지 않게, 그리고 맛있게 먹었습니다. 잠시 후, 그녀도 같이 과자를 먹기 시작했습니다.

그렇게 두 사람은 계속해서 과자를 먹었습니다.

시간이 지나자 과자 봉지에는 과자가 하나밖에 남지 않았습니다. 그런데 그 남자가 그 마지막 과자를 집어 들더니 절반으로 쪼개어 절반은 그대로 두고 절반만 자기 입에 넣으면서 살짝 웃고는 일어서 총총히 갔습니다.

'어머! 세상에 저렇게 뻔뻔한 사람이 다 있어?!'

여인은 속으로 생각했습니다.

잠시 후, 탑승을 알리는 안내 방송이 나오자 그녀는 비행기에 올랐습니다. 여인은 자리에 앉아서도 조금 전 그 남자의 행동이 떠올라 상한 기분이 풀리지 않았습니다.

그러다가 그사이 땀에 젖은 손을 닦기 위해 손수건을 꺼내려고 가방을 열었습니다.

그런데 그 속에 자신이 상점에서 샀던 과자 봉지가 그대로 들어 있었습니다. 그녀는 과자를 사다가 습관적으로 가방 속에 넣어 두고는 책을 보느라고 깜빡 잊었던 것입니다. 그러니까 아까 자기가 자신의 것으로 생각하며 먹었던 과자는 그 남자의 과자였던 것이구요.

우리는 상대방의 사소한 실수에 화를 내거나 얼굴을 붉히곤 합니다. 그러나 이해의 시선으로 바라보면 그리 큰일이 아닌 경우가 많습니다. 어쩌면 실수를 한 당사자는 자기가 실수했다는 사실을 모르고 있을 수도 있겠지요. 그 여인처럼.

여기에서 우리 같이 생각해봅시다.

상대가 어쩌다 실수를 했을 경우, 내편에서 너그럽게 이해하고 그냥 넘기면 안 될까요? 내가 한 치 양보하는 마음으로 살아가면 세상은 참 즐거운 것이 될 텐데요.

작은 실수도 이해하려 들지 않으면 더 크게 화가 나기 마련입니다.

이와 반대로 아무리 큰 실수라 할지라도 '실수야 누구나 할 수 있지.'하는 마음으로 감싸 안는다면 그 일은 극히 작은 일로 줄어듭니다. 세상일은 정말이지 받아들이는 마음에 따라 달라집니다.

　미움은 미움을 낳고, 사랑은 사랑을 낳는다는 말이 있습니다.

　모든 사람들이 남의 실수까지 너그럽게 포용한다면 얼마나 살기 좋은 세상이 될까요? 또, 그러는 당신은 얼마나 아름다운 사람이 될까요?

　삶이 나에게 주는 행복 여행

진정한 부자

미국의 거부 하워드 휴우즈는 대단한 미남이었습니다.

그는 '휴우즈항공기회사'를 설립했을 뿐만 아니라 브로드웨이와 할리우드 사회에도 큰 영향력을 발휘하였습니다.

그는 또 TWA항공사와 ABC방송사도 운영했습니다. 그런 그도 젊었을 때에는 멋있는 외모에다 돈이 많은 것을 기화로 숱한 미녀들과 사랑놀음을 벌였다고 합니다.

그는 자선사업이나 남에게 온정을 베푸는 삶을 살지는 못했습니다. 그래서 그랬던지 생애의 말년은 너무나 외롭고 쓸쓸했습니다.

그는 외부인을 전혀 만나지 않아 부하 직원도 그의 얼굴을 보지 못한 사람이 많았다고 합니다. 누군가가 자기를 해치지나 않을까 하는 두려움 때문이었습니다.

진정한 부자는 재물이 많은 사람보다 마음이 너그러운 사람입니다. 물질은 한계가 있지만 마음은 무한합니다. 재물이 많은 사람은 항상 가진 것을 잃어버리지나 않을까 하는 근심으로 가득합니다.

그러나 마음이 부자인 사람은 언제나 편안하고 행복하지요. 또 자신보다 어려운 사람들에게 따뜻한 마음도 한 움큼씩 나누어 줄 수 있습니다.

가진 것이 너무 많아 항상 두려움에 떨기보다 비록 가진 것이 적더라도 삶의 즐거움을 함께 나누는 삶이 어떨까요?

아름다운 일

어떤 사람이 구조조정으로 갑자기 직장을 잃고 실의에 빠진 나날을 보내고 있었습니다. 그는 다른 직장을 구하기 위해 많은 노력을 기울였지만 허사였습니다.

어느 날, 그가 매우 급하게 운전을 하고 있었습니다. 이유는 직장을 구하기 위해서 면접을 보러 가는데 도로가 막혔기 때문이었습니다.

그런 그에게 타이어에 펑크가 나서 쩔쩔매던 한 중년 부인이 도움을 요청했습니다. 그는 면접을 보는 일도 중요하지만 어려운 상황에 놓인 사람을 두고 그냥 지나치면 안 된다고 생각했습니다. 그래서 차를 세우고 펑크 난 타이어를 교환해 주었습니다.

그는 약속된 면접시간에 늦었기 때문에 직장을 얻기는 틀렸다고 생각했습니다. 그래도 그 회사에 가서 마지막까지 최선을 다하기로 마음먹었습니다.

그는 면접실에 들어 선 순간 깜짝 놀랐습니다. 면접관이 바로 방금 전 자신이 도와주었던 그 부인이었기 때문이었습니다. 그는 희생과 봉사정신이 높이 평가받아 직장을 얻을 수 있었습니다.

　　우리는 살다보면 타인을 위해 자신을 희생해야 하는 경우가 있습니다. 그런 순간, 타인의 어려운 처지를 그냥 모른 체하고 지나치자니 마음에 걸리고, 도와주자니 상황이 여의치 않고…… 이런 경우 그가 어떠한 선택을 하던 그 결과를 두고 옳다거나 그르다고 탓할 순 없겠지요.

　　모든 사람의 마음이 다 하나같을 순 없습니다.

　　어떤 사람은 자신의 일을 희생하면서 타인을 도와주고, 어떤 사람은 자신의 일에 몰두한 나머지 그냥 지나칠 수도 있을 것입니다.

　　자, 만약 당신이 그런 상황에 놓이게 되었다면 어떡하시겠어요?

행복의 씨앗

　미국의 스트로사라는 가난한 청년이 바턴이라고 하는 거상을 찾아가 부탁했습니다.

　"제가 워싱턴 가에 소매상을 차리고자 하는데 2천 달러를 빌려주실 수 있습니까?"

　바턴은 담보물 없이는 빌려 줄 수 없다고 했습니다.

　하지만 그는 너무 가난해서 담보물이 하나도 없었습니다. 때문에 그냥 돌아갈 수밖에 없었습니다.

　바턴은 스트로사가 돌아 간 후 생각을 돌이켜 동료 사업가들의 만류에도 불구하고 그를 돕기로 했습니다.

　바턴은 유망한 젊은이의 앞길을 돕는 것은 의미 있는 일이라고 여겨 무담보로 그가 요청했던 대로 2천 달러를 빌려 주었습니다.

　그 후 10년이 지났습니다.

　전 세계에 공황이 불어 닥쳐 잘 나가던 바턴의 사업도 모두 부도나고 말았습니다. 그런데 이때 그를 찾아온 사람이 있었습니다. 바로 스트로사였습니다. 그는 바턴의 부채를 모두 갚아주겠다고 말했습니다.

　바턴은 놀라며 말했습니다.

　"아니, 그때 빌려갔던 돈은 벌써 다 받았는데 뭘 또 준다는 것이오?"

그러자 스트로사가 대답했습니다.

"아닙니다. 빌렸던 돈은 모두 드렸지만 도와주신 은덕은 그대로 남아 있습니다. 지금 사장님이 당하고 계신 불운의 얼마라도 도와 드리는 것은 저의 의무입니다."

나는 몇 해 전에 읽다가 덮어 두었던 책을 꺼냈습니다. 천천히 책장을 넘기는데 책 속에서 만 원짜리 두 장이 나왔습니다. 언제 끼워두었는지 기억은 나지 않았지만 생각지도 않은 공돈이 생겨 기분이 좋았습니다.

타인을 위한 사랑도 이랬으면 좋겠습니다.

당장은 돌아오는 것이 없지만 문득 삶을 되돌아보는 나이가 되었을 때 어느 한편에서 행복의 싹앗이 자라고 있다면 얼마나 좋겠습니까?

세상에서 가장 튼튼한 끈

한 목동이 수백 마리의 양떼를 몰고 시리아의 강변으로 오고 있었습니다. 아마도 그 많은 양떼를 몰고 강을 건너려는 것 같았습니다. 물을 싫어하는 양들을 몰고 강을 건넌다는 것은 거의 불가능한 일이었기에 지나가다가 그 광경을 본 아들이 걱정이 되어 어머니에게 물었습니다.

"어머니, 저 목동은 저렇게 많은 양떼를 몰고 어떻게 강을 건너려는 거지요?"

"글쎄, 하지만 애야, 저 목동의 얼굴은 아무 걱정 없이 평온해 보이지 않니? 자기만의 무슨 방법이 있어 보이는데……?"

그래도 걱정이 풀리지 않은 아들은 고개를 갸웃거리며 목동에게로 다가가 물었습니다.

"아니, 이 많은 양떼를 몰고 어떻게 강을 건너려고 합니까?"

목동은 웃으며 대답했습니다.

"하하하, 그야 간단하지. 세상의 이치만 알면……."

그러나 아들은 여전히 이해할 수 없었습니다.

그때 강가에선 양떼들이 울며 우왕좌왕하기 시작했습니다. 물을 본 새끼 양들은 놀란 눈으로 어미 양 옆으로 모여들고….

그때였습니다. 목동은 겁먹은 눈으로 서 있는 많은 양들 가운데서 귀여운 새끼 양 한 마리를 번쩍 들어 올리더니 자신의 어깨에 둘러맸습니다.

"어머니, 목동이 어쩌려고 저럴까요?"

"곧 알게 될 테니 기다려보자꾸나."

어머니는 이내 목동이 양떼와 함께 강물을 건너려는 방법을 알았다는 듯 안심한 표정을 지었습니다.

새끼 양을 둘러맨 목동은 성큼성큼 강으로 걸어 들어갔습니다. 강폭은 넓었지만 물은 그다지 깊지 않았습니다.

순간 새끼를 빼앗긴 어미 양이 놀란 울음을 울더니 강물 속으로 풍덩! 뛰어들었습니다. 그것이 신호가 되어 수백 마리의 양들이 일제히 물속으로 뛰어들어 강을 건너기 시작했습니다.

세상에서 가장 튼튼한 끈은 사랑입니다. 이 사랑의 줄은 어떠한 칼로도 끊어지지 않습니다. 위험이나 시련이 닥치면 오히려 더욱 튼튼해지는 신비한 힘을 지니고 있습니다. 사랑은 쓰러진 사람을 일어서게도 하고, 웃음을 잃어버린 사람에게 웃음을 되찾아주기도 합니다. 또 때로는 기적을 일으키기도 하지요.

우리는 사랑 없이는 이 세상을 살아갈 수 없습니다.

나무와 꽃도 저들 나름대로 서로 사랑하며 살아갑니다. 나무나 꽃에게는 사랑이 향기라면 사람에게는 사랑이 힘이겠지요.

사랑이 깊은 한 마리의 어미 양이 많은 다른 양들로 하여금 강을 건너게 했습니다.

겨울 뒤에는 봄이 온다

1969년 어느 날.

오페라 〈라보엠〉에 루돌프 역으로 출연하기로 한 한 젊은 성악가가 초조함을 감추지 못하고 떨고 있었습니다. 스물두 살의 신인인 그는 제1막에 나오는 유명한 아리아 〈그대의 찬 손〉을 잘 부를 수 있을지 걱정이 되었던 것입니다.

그런데 너무 긴장했던 탓일까, 당황한 나머지 그의 공연은 엉망이 되어 버렸습니다. 이튿날 언론은 일제히 그의 노래가 함부로 날뛰는 닭울음소리와 스위스의 요들송을 버무려 놓은 것 같다고 혹독한 비평을 실었습니다.

그 성악가는 바로 훗날 플라시도 도밍고, 루치아노 파파로티와 함께 세계 3대 테너로 평가받았던 호세 카레라스였습니다. 그의 처음 출발은 그랬습니다.

그는 정상에 오른 뒤, 앞에서의 두 성악가와 함께 전 세계를 돌며 〈빅3테너 콘서트〉를 열었습니다.

그는 그날의 공연에 대한 소감을 이렇게 말했습니다.

"제가 받은 혹평대로라면 저는 음악을 포기했어야 합니다. 하지만 저는 지금도 무대에서 노래를 부르고 있습니다. 그날의 상처 때문에 오랜 시간을 절망에 빠져 지냈지만 이제는 알

것 같습니다. 평가는 항상 냉정하게 받아들여 성장의 밑거름으로 삼아야 한다는 것을."

그는 자신에게 닥친 시련에서 깨달음을 발견해냈던 것입니다.

1987년, 그는 백혈병으로 무대 위에서 쓰러졌을 때 백혈병보다 음악을 포기하려는 자신의 마음이 더 두려웠다고 고백했습니다. 그는 가족과 팬들의 격려에 힘을 얻어 병을 극복하고 2년 만에 다시 무대에 섰습니다. 그리고 회복한 뒤에는 성원해준 사람들에게 진 빚을 갚기 위해 국제백혈병재단을 설립했습니다. 그에게 백혈병은 다른 사람들의 아픔을 알게 한 또 다른 혹평이었습니다.

추운 겨울을 이겨내야 따뜻한 봄을 맞이할 수 있습니다. 또 겨울의 폭풍을 견뎌낸 후 피어나는 꽃이 더 아름답습니다.

사람도 마찬가지입니다.

꿈이 있고 목표가 있는 사람에게 시련은 추운 겨울과 같은 것입니다. 당장은 시련으로 인해 춥고 힘들겠지만 그 시련을 견뎌낸다면 자신의 꿈과 목표를 향해 한 발짝 다가서는 것입니다.

만일 지금 힘들다고 생각된다면 미래의 꿈을 떠올리세요. 당면한 고통이 이루고 싶은 미래의 꿈에게 다가서는 발걸음이라고 여긴다면 그다지 고통스럽지 않을 겁니다.

마음이 깊은 사람

할리엣드 비이쳐 스토우 여사에 관한 일화입니다.

스토우 여사가 쓴 소설, 〈톰 아저씨의 오두막집〉이 출판되었을 때 미국에서 1년 만에 30만 권이 팔렸습니다. 그리고 20여 개국의 언어로 번역되었습니다.

팔마스톤 경은 소설을 별로 좋아하지 않았지만 이 소설만은 훌륭한 책이라고 칭찬했습니다. 또 추밀원 고문관인 콕빈 경은 이 책이 다른 어느 소설보다도 인간에게 공헌한 바가 크다고 말했습니다.

톨스토이는 이 책을 인간 정신이 이룩한 위대한 성취의 하나라고 평가했습니다. 분명히 이 책은 다른 어느 것보다도 노예 해방을 위해 공헌한 바가 많았습니다. 그런데도 할리엣드 비이쳐 스토우 여사는 이 책의 작자로서의 영예를 거부했습니다.

그녀는 말했습니다.

"나는 〈톰 아저씨의 오두막집〉의 작자가 아닙니다. 이 이야기는 저절로 쓰여진 것입니다. 그것은 주님께서 쓰셨습니다. 나는 다만 주님의 손에 들리어진 비천한 필기도구에 불과합니다. 모든 것이 차례차례 환상으로 보였고, 나는 단지 그것을 글로 옮겼을 뿐입니다. 영광은 오로지 주님께 돌려야 합니다."

깊은 강은 물소리를 내지 않고 흐릅니다. 그러나 얕은 강은 콸! 콸! 소리를 내며 흐르지요.

사람도 그렇습니다. 마음이 깊은 사람은 자신을 드러내기보다 안으로 숨깁니다. 자신에게 남들보다 뛰어난 부분이 있어도 결코 자랑하거나 자만하지 않습니다.

자신이 남들보다 뛰어나거나 우월하다면 더욱 고개를 숙일 줄 알아야 합니다. 그렇지 않고서 혼자 잘 났다는 듯이 고개를 빳빳하게 세운다면 언제 그 고개가 부러지게 될지 모릅니다.

자신의 권위를 스스로 높이려는 사람은 오히려 낮아집니다. 반대로 스스로 낮추는 사람은 타인이 대신 높여줍니다.

언제나 희망은 있다

영국이 차알스 1세의 악정으로 고통에 처해 있을 때, 영국을 구한 크롬웰에 관한 일화입니다.

크롬웰은 어려서부터 청교도의 가정에서 신앙적 교육을 받고 자랐습니다. 그의 어머니는 그에게 항상 이렇게 말했습니다.

"너는 하나님의 편에서 일하는 사람이 되어야 한다. 그러기 위해서는 기도와 성경 읽는 일을 게을리 해선 안 된다."

크롬웰은 어른이 되어 차알스 1세 국왕을 반대하는 청교도 군대를 지휘하는 대장이 되었습니다. 그래서 국왕의 군대와 맞서서 전쟁을 하였습니다. 자연히 많은 사상자가 생겼습니다. 크롬웰은 전쟁터에서도 시간이 생기면 기도를 하고, 성경을 읽었습니다.

싸움은 갈수록 치열해졌고, 크롬웰은 언제나 선두에서 싸웠습니다. 그런데 그렇게 열심히 싸우던 크롬웰이 갑자기 말에서 떨어졌습니다. 적의 총알에 맞았던 것입니다. 크롬웰은 땅에 떨어지면서 '이제 마지막이구나.'라고 생각했습니다. 그러나 별로 아픈 곳이 없었고, 총을 맞은 가슴도 아무렇지 않았습니다.

'이게 어떻게 된 일일까? 참 이상한 일이군!'

크롬웰이 조심스럽게 살펴보니 총알은 호주머니 속에 넣어 둔 성경책에 박혀 있었습니다. 크롬웰은 성경책 때문에 목숨을 건질 수 있었습니다.

살아가다 보면 누구나 가끔 절망적인 상황에 빠져들 때가 있습니다. 한순간의 일로 인해 모든 것을 잃어버리는 고통스러운 때가 있을 수 있지요.

그러나 그런 절박한 순간에 누군가로부터 뜻밖의 도움을 받는 경우가 있습니다. 그래서 이런 말이 있나 봅니다. '하늘이 무너져도 솟아날 구멍이 있다.'고.

우리는 어떤 절체절명의 상황을 만나더라도 헤쳐 나갈 수 있으리라는 희망을 잃지 말아야 합니다. 그런 희망만 있다면 엉킨 실타래를 풀듯이 어떤 난관도 풀어나갈 수 있습니다.

사랑을 받고 싶다면

효심이 깊은 맏며느리가 있었습니다.

그녀는 살림살이는 넉넉하지 않았지만 시부모 섬기는 것을 가장 큰 행복으로 생각했습니다.

밥을 먹을 때면 항상 시아버지와 시어머니의 국에 고기를 듬뿍 담아 드리고, 자신의 국에는 고기를 넣지 않았습니다. 그런 며느리의 마음을 아는 시아버지는 며느리가 부엌에 볼일이 있어 나갈라치면 얼른 국을 자기의 것과 바꿔 놓곤 했습니다. 그러면 이를 안 며느리는 상냥하게 웃으며 다시 바꾸어 드렸습니다.

자녀들 또한 그런 어머니를 본받아 항상 맛있는 음식이 생기면 부모님께 먼저 드렸습니다.

그러나 둘째 며느리는 맏며느리와는 정반대였습니다.

어른들 대접은 소홀하고 대신 자기 자녀들에게만 정성을 쏟았습니다. 어른들에게 내놓는 음식은 언제나 가장 험한 그릇에 먹다 남은 음식을 대충 담아서 주었습니다.

세월이 흘러 어느덧 둘째 며느리도 할머니가 되어 자녀들로부터 음식 대접을 받아야 하는 처지가 되었습니다. 그런데 자녀들은 자기 할머니가 옛날 그랬던 것처럼 맛있는 것은 따로 두었다가 자기 자식들에게만 주었습니다. 그리고 자기 어머니에게는 항상 먹다 남은 음식을 주었습니다.

음식을 담아온 그릇도 찌그러진 그릇이었습니다.

자녀의 푸대접에 그녀는 가슴이 너무 아팠습니다. 어른께
소홀히 해온 자신의 잘못을 아이들이 그대로 배웠기 때문이라
는 것을 깨달았으나 이미 때는 늦었습니다. 그녀는 자식들의
천대 속에서 여생을 살아야 했습니다.

속담에 뿌린 대로 거둔다는 말이 있습니다. 잘한 일이 건 잘못
한 일이 건 자신이 타인에게 베풀었던 그대로 다시 되돌려 받는다
는 뜻입니다.

타인에게 인정받고 싶고, 사랑받고 싶다면 먼저 타인을 인정해
주고 사랑하십시오.

타인을 부정하고 시기 질투한다면 자신에게 돌아오는 것 또한
미움과 비난입니다.

사람의 마음은 누군가에게서 도움과 사랑을 받는다면 따뜻해
집니다. 그러나 반대로 비난과 멸시를 받는다면 차갑고 날카로워지
지요.

이해득실을 따져서 이익이 되는 쪽만 좇는 사람은 지금도 그렇
고 먼 훗날에도 그렇게 언제나 외롭게 됩니다. 그러나 넉넉한 마음
으로 베푸는 사람은 언제나 즐겁습니다.

현실에 안주하지 않는 사람

전설적인 자동차 왕 헨리 포드.

그는 폭넓은 시각과 탁월한 비전과 무한한 창조 능력을 가진 사람이었습니다. 하지만 그는 안타깝게도 스스로의 능력에 도취된 자만의 노예였습니다.

그는 주위의 권유에도 불구하고 모델 〈T〉 외엔 새로운 자동차를 제작하지 않았지요.

그는 자신의 회사 디자이너들이 새로운 모델을 보여주면 검토조차 해보지 않고 망치로 때려 부숴버렸습니다. 이러는 사이에 포드사의 주가는 급속히 떨어졌습니다.

포드가 옛 것에만 고집하고 있는 사이 GM사의 젊은 회장 알프레드 슬로언은 여러 자동차 회사들을 통합해 능력을 결집시켰습니다. 또 소비자의 취향을 신중하게 연구하여 다양한 디자인의 차를 생산했습니다. 그리고 저렴한 가격으로 판매하며 포드사를 추격하기 시작했습니다.

미래를 준비하지 못한 기업 포드사는 결국 1970년대에 GM사에 추월당하고 말았습니다. 낡은 것에 갇혀 있는 자의 말로였지요.

　한 곳에 고여 있는 물은 죽어 썩지만 흐르는 물은 항상 살아 있습니다. 마찬가지로 생각이 정지해 있는 사람은 발전이 없고 쉼 없이 전진하는 사람만이 희망찬 내일을 기대할 수 있습니다.

　현실에 안주하려할 때 희망은 사라지고, 발전은 멈춰 섭니다. 뿐더러 지금보다 더 나은 미래를 기대할 수도 없고, 삶의 진정한 기쁨이나 행복도 얻을 수 없습니다. 자연히 권태가 시작되지요.

　우리는 인생을 즐겁고 행복하게 살아갈 권리를 신으로부터 받았습니다. 이를 누리기 위해서는 현실에 안주해서는 안 됩니다. 오로지 흐르는 강물처럼 끝임없이 앞으로 나아가야 합니다.

좋아하는 일에 미쳐라

미국의 세계 최대 석유회사 스탠다드 사의 평사원, 아치볼 드라는 사람의 이야기입니다.

그는 유난히도 자신이 근무하는 회사를 사랑했습니다. 심지 어 호텔에서 숙박계를 쓸 때에도 자기의 이름 대신 〈한 통에 4 달러, 스탠다드 석유〉라고 자기가 근무하는 회사의 석유 가격 과 회사 이름을 적었습니다.

그리고 누구와 대화할 때에도 〈한 통에 4달러, 스탠다드 석 유〉라는 말을 먼저 한 후 용건을 말했습니다. 그러자 다른 사 람들도 그를 〈한 통에 4달러, 스탠다드 석유〉라고 별명을 붙 여 불렀습니다.

소문을 들은 사장 록펠러가 그를 불렀습니다. 그리고 함께 식사를 하면서 그의 말 한 마디 한 마디에서 그의 깊은 애사심 을 확인했습니다. 그가 회사를 위해 얼마나 최선을 다하고 있 는지 알았지요.

록펠러는 아치볼드야말로 자기 회사에 없어서는 안 될 인물 이라고 생각했습니다. 그래서 훗날 자기의 뒤를 이어 사장이 되도록 했습니다.

성공하려면 자신이 좋아하는 일을 해야 합니다. 바꾸어 말하면 자신이 하는 일을 좋아해야 성공할 수 있다는 말입니다.

얼마 전에 읽은 어느 잡지에 이런 글귀가 있었습니다.

'자신이 좋아하는 한 일에 미치면 그 분야에서 최고가 될 수 있다.'

그렇습니다. 한 가지 일에 푹 빠져야 그 분야에서 전문가가 될 수 있고, 나아가 최고가 될 수 있지요.

성공하고 싶다면 지금 하는 일에 미치십시오. 그 일 외에는 어떠한 생각도 나지 않을 만큼 푹 빠지십시오. 그러면 당신은 정상에 오를 수 있습니다.

사랑과 관심

울드 부부는 1967년에 그들의 다섯 살 난 아들 아더가 정신 장애아라는 것을 처음으로 알았습니다. 그 부부는 아들이 가족들의 사랑을 이해하지 못하고, 또 그 사랑에 보답하지도 못할 것이라고 생각했습니다. 하지만 이들 부부는 아이를 장애아수용소에 보내지 않고 그냥 집에서 키우기로 했습니다. 보답을 바라는 사랑은 진정한 사랑이 아니라는 것을 잘 알고 있었기 때문이었습니다.

울드 부부는 아이를 비장애아처럼 대하려고 노력하였습니다. 일요일에는 교회에 함께 갔고, 평일에는 특수학교를 보내면서 많은 사람들과 만날 수 있도록 배려했습니다. 그러나 아이는 여전히 바보처럼 웃기만 할 뿐 말도 제대로 하지 못했습니다.

어느새 열여덟 살이 된 아더는 장애아학교를 졸업하였고, 울드 부부는 그를 장애인들이 모여서 일하는 직장으로 보냈습니다. 그러나 아더는 일보다는 가족들과 함께 노는 것을 더 좋아했습니다.

다시 시간이 흘러 1991년, 아더는 20대 후반의 건장한 청년이 되었습니다. 그는 장애인 직장에서 간단한 전자 장비를 조립하는 일을 배우기 시작했습니다.

캐럴이라는 새로운 책임자가 그곳에 부임했습니다. 그녀는 아더에게 숨은 힘이 있다는 것을 알아냈습니다. 그래서 컴퓨터로 의사를 전달하는 법을 가르쳤습니다.

다시 몇 년의 시간이 지나갔습니다. 그사이에 캐럴은 아더가 매우 똑똑하다는 사실을 발견했습니다. 그녀는 너무나 기뻐 이 사실을 알리기 위해 그의 부모를 오게 했습니다. 그리고는 함께 한 자리에서 아더에게 '오늘 기분이 어떠냐?'고 컴퓨터 자판으로 물었습니다. 그러자 아더의 손가락이 아주 천천히 그리고 힘들게 움직여 키보드를 쳤습니다.

모니터에 알파벳이 한 자 한 자 떠올랐습니다. 아더가 한 문장을 만드는 데는 아주 오랜 시간이 걸렸습니다. 드디어 글이 완성되었습니다.

"부모님께 사랑한다고 말하게 되어 행복합니다."

사람은 누구나 얼마간의 장애를 안고 살아갑니다. 단지 정상인으로 보일 뿐이지요. 몸은 정상이지만 마음에 욕심과 시기와 질투가 가득 차 있다면 과연 정상이라고 말할 수 있을까요? 그렇지 않지요. 몸의 장애보다 마음의 장애가 더 무섭습니다.

우리 주위에는 몸의 장애로 힘겨워하는 사람들이 많습니다.

그들이 진정 바라는 것은 무엇일까요? 풍요로운 물질보다 사람들의 따뜻한 관심과 사랑, 그리고 정상인과 장애인을 구분하지 않는 시선입니다. 우리가 먼저 그들에게 따뜻한 손 한번 내밀 때 그들은 행복해합니다. 이런 훈훈한 사랑과 관심이 그들로 하여금 미소 짓게 하는 비타민입니다.

독수리가 높은 하늘을 자유자재로 날기까지에는
강풍 속에서 몇 번이나 땅에 처박히는 과정을 겪는다.
그것을 견뎌내지 못하면 비록 독수리라 할지라도
땅 위를 기어다니는 일밖에 하지 못할 것이다.
— 성 프란시스

쉬어가는 다이어리

Chapter 5

겨울이 지나고
봄이 오듯이

시련을 증오하거나 두려워해선 안 됩니다.

추운 겨울이 지나고 봄이 오듯이 시련 뒤에는

더 깊은 기쁨과 새로운 기회가 찾아옵니다.

단 1초의 소중함

평생을 최고의 시계를 만드는 데 헌신했던 사람이 있었습니다. 그는 아들의 성인식 날, 손수 만든 시계를 선물했습니다. 그 시계는 특이하게 시침은 동銅으로, 분침은 은銀으로, 초침은 금金으로 되어 있었습니다.

아들은 시계를 받아들고 아버지에게 물었습니다.

"아버지, 시침이 가장 중요하니까 금으로 만들고, 비교적 덜 중요한 초침을 동으로 만들어야 하지 않나요?"

아버지가 말했습니다.

"아니다. 초침이야말로 금으로 만들어져야 한다. 만약 초를 잃는다면 세상의 모든 시간을 잃는 것과 마찬가지이니까."

그는 아들에게 시계를 채워주며 다시 말했습니다.

"초를 아끼지 않는 사람이 어떻게 시간과 분을 아낄 수 있겠니? 아들아, 너는 시간의 흐름은 초에 의해 결정된다는 것을 명심하고 1초의 시간이라도 책임지는 사람이 되어라."

시간은 초가 모여 분이 되고 분이 모여 시가 됩니다.

초를 아끼지 않는 사람은 시간을 함부로 쓰는 사람입니다. 시간을 헛되이 보내는 사람에겐 미련과 후회만 남게 됩니다.

대부분의 사람들은 시만 소중하게 여길 뿐 초는 별로 중요하게 생각지 않습니다. 그래선 안 됩니다. 모든 일에 기초가 있듯이 시간의 기초는 초입니다. 시간을 아끼고 현재를 충실하게 사는 사람은 시보다도 분을, 분보다는 초를 헛되이 흘려보내지 않습니다.

아버지의 빈자리

스코틀랜드의 위대한 선교사 존 맥닐의 이야기입니다.

그는 어렸을 때 항상 밤늦게까지 일을 했습니다. 그러고 나서 집으로 오려면 강도와 도둑들이 들끓는 2킬로미터나 되는 어둡고 긴 길을 지나야 했습니다. 그러나 그에겐 어떤 계기로 인해 그 길이 더 이상 무서운 길이 아니었습니다.

그는 어느 토요일 밤의 경험을 이렇게 말했습니다.

"그날 내가 일을 마치고 집으로 향했을 때는 자정이 지나서였습니다. 그날따라 그 길이 전보다 더 무섭고 두렵게 느껴졌습니다. 양 옆에는 숲이 우거진 높은 언덕들이 있었습니다. 그때 내 나이는 16살이었습니다. 나는 정신없이 걷고 있었는데 갑자기 전방 20미터쯤 되는 곳에서 굵직한 목소리가 들려왔습니다. '죤이냐?' 나는 너무나 놀라서 순간적으로 아무 말도 할 수 없었습니다.

잠시 후, 나는 목소리의 주인이 누구인지 알 수 있었습니다. 밤이 깊도록 집에 오지 않는 자식을 마중 나온 저의 아버지였습니다. 아버지를 만나는 순간 어두운 주위가 순간적으로 환해지는 것 같았습니다. 아버지는 내 어깨에 손을 얹고 함께 걸었습니다. 그날 밤 나는 전혀 두렵지 않았습니다. 아버지가 나와 함께 계셨기 때문입니다."

　　아버지라는 존재는 자식들에게는 언제나 든든한 버팀목입니다. 아무리 거센 비바람이 불어 닥쳐도 끄덕하지 않는 울타리입니다. 그러나 우리는 어른이 되어 자신이 아버지가 될 때까지 그런 아버지의 고마움이나 사랑을 알지 못합니다. 항상 곁에 그대로 계시기 때문입니다.

　　우리가 가난했던 어린 시절을 그나마 행복하게 보낼 수 있었던 것은 아버지의 사랑 때문입니다. 집 안팎의 모든 문제를 아버지가 책임지셨기 때문이지요. 이 세상의 모든 아버지는 고통을 자식들에게까지 남겨주려 하지 않습니다.

　　하지만 어린 시절엔 깨닫지 못했던 아버지의 이런 사랑을 어른이 된 지금에야 조금씩 깨달아갑니다.

　　아버지! 아, 아버지!

희망의 끈

제2차세계대전 때 아우슈비츠 수용소의 유대인들은 이런 노래를 불렀습니다.

"하나님이 우리를 구원하리라는 것을 굳게 믿는다네. 단지 조금 늦을 뿐……."

그들은 이런 노래를 부르면서 처절한 삶에 절망하지 않고 마음과 몸을 단련시켰습니다.

이 수용소에는 한 젊고 유능한 외과의사도 함께 갇혀 있었습니다.

그는 매일처럼 가스실과 인체실험실로 끌려가 죽는 동족들을 바라보며 머지않아 자신도 그렇게 되고 말 것이란 것을 뼈저리게 예감하고 있었습니다.

그러나 그는 감방에서 밖으로 나가 작업할 때면 땅속에 감춰둔 날카로운 유리조각을 꺼내 면도를 하며 얼굴을 항상 단정하게 했습니다. 언제 죽을지 모르는 상황에서 외모를 가꾸는 그에게 남들은 어리석은 놈이라고 손가락질을 했지만 그는 단 하루도 빠짐없이 얼굴을 깨끗이 손질했습니다.

나치들은 외모가 단정한 그의 모습을 보고 그를 일찍 죽이기에는 너무 아깝다고 생각했습니다. 그래서 그를 죽일 차례가 와도 자꾸 뒤로 미루었습니다. 그러다가 나치가 패망하자 그는 살아났습니다. 그가 죽음의 수용소인 아우슈비츠를 떠나던 날 그의 소지품은 단 한 가지, 깨진 유리조각 하나였습니다.

자신을 사랑하고 꿈이 있는 사람에게 절망은 없습니다. 설사 가혹한 절망이 오더라도 그 고비를 넘을 힘이 있습니다.

희망의 끈을 놓아버릴 때 절망이 고개를 듭니다. 절망은 자신을 사랑하지 않는 사람만 골라서 물귀신처럼 끌고 들어갑니다.

당신은 절망에게 끌려가는 불쌍한 사람이 되고 싶지는 않겠지요?

남의 말을 쉽게 믿는 사람

양을 치는 마술사가 있었습니다.

그에게는 많은 양이 있었습니다. 그런데도 비용이 아까워 일꾼을 고용하지 않았습니다. 때문에 양을 잃어버리지 않고, 늑대에게 빼앗기지도 않는 방법을 강구해야 했습니다.

그는 궁리 끝에 양들에게 한 가지 속임수를 쓰기로 했습니다. 양들에게 최면을 거는 것이었습니다. 그는 양들에게 최면을 걸기 위해 말했습니다.

"너는 양이 아니다. 너는 사자다." 또 어떤 양에게는,

"너는 호랑이다."라고 했습니다. 심지어 "너는 사람이다. 아무도 너를 잡아먹지 않는다. 그러므로 여기서 도망칠 생각은 꿈에도 할 필요가 없다."라고도 했습니다. 그러자 양들은 마술사의 말을 믿기 시작했습니다.

그러면서 마술사는 날마다 양을 몇 마리씩 데려다가 도살했습니다. 그러나 양들은 저마다 이렇게 생각했습니다.

'나는 양이 아니야. 저 사람은 양만을 도살하는 거야. 나는 사자이니까 도살할 수 없어.'

양들은 모두 양치기의 마술에 걸려 동료들이 사라져 가도 태평스럽게 생활했습니다.

귀가 얇은 사람은 남의 말을 너무 쉽게 믿습니다. 남이 하는 말의 대부분은 주관적인 감정이 섞여 사실과 다를 수 있습니다. 또 진심 어린 충고보다는 달콤한 사탕발림 같은 말이 많구요. 그렇기 때문에 남의 말을 너무 쉽게 믿어선 안 됩니다.

지금은 사회가 너무나 복잡하고 혼탁해 스스로 자신을 보호하고 지켜야 합니다. 그렇지 않고서는 남에게 이용당할 수도, 그로 인해 고통 받을 수도 있습니다. 누군가 자신에게 아무런 이유 없이 달콤한 말을 한다면 그 배경에 대해서 한번쯤 생각해보아야 합니다. 그 달콤함이 나중에 함정이 될 수도 있으니까요.

무례함이 가져다준 불행

윌리엄 매킨리 대통령이 의원이었을 때 이야기입니다.

그는 출퇴근을 항상 전차로 했습니다. 그런데 어느 날, 그가 탄 전차에 할머니 한 분이 무거운 보따리를 들고 탔습니다. 그러나 아무도 자리를 양보하지 않았습니다. 할머니는 하는 수 없이 보따리를 들고 전차 맨 뒷자리에까지 가 구석에 섰습니다. 그런데 전차가 흔들려 제대로 서 있을 수가 없었습니다.

그 할머니가 서 있는 바로 앞에 한 사람이 앉아 있었습니다. 하지만 그는 할머니를 쳐다보고는 일어나는 대신 읽던 신문으로 얼굴을 아예 가리고 못 본 척했습니다.

매킨리는 좀 멀리 떨어져 있었지만 일어나서 그 할머니에게 자리를 양보했습니다.

후에 매킨리가 대통령이 되었습니다. 마침 대사 후보 명단이 올라와 검토해보니 옛날 전차 안에서 신문으로 자기 얼굴을 가렸던 그 사람이 들어 있었습니다. 매킨리는 노인을 배려할 줄 모르는 그를 외면했습니다.

노인에게 자리 하나 양보할 줄 모르는 사람이 어떻게 나라를 위해 제대로 일을 하겠느냐는 것이 매킨리의 생각이었습니다.

예의 없는 작은 행동 하나 때문에 일생일대의 기회를 놓친 그는 자기가 모르는 중에 자기를 지켜보는 눈이 있다는 사실을 알지 못했던 것입니다.

마음이 따뜻하고 친절한 사람이 사랑을 받습니다. 자신만 아는 이기적인 사람은 미움을 받기 마련입니다. 누가 그런 사람에게 마음을 나누어 주겠습니까!

당신은 모를지 모르지만 주위의 많은 사람들이 당신을 지켜보고 있습니다. 평소 생각 없이 행했던 행동들이 훗날 결정적인 순간에 위기가 될 수 있습니다. 당신은 까맣게 잊고 있는 일도 남들은 잊지 않을 수 있는 겁니다.

누구에게나 친절하고 따뜻한 마음을 나누어 줄 수 있는 사람이 진정 행복한 사람입니다. 그리고 사랑은 배풀었던 그 이상으로 돌아오는 거구요.

세상에서 가장 강한 사랑

어린 외아들을 둔 부부가 있었습니다.

그 아들이 약속을 어기자 아버지가 말했습니다.

"다시 한 번 약속을 어기면 그때는 추운 다락방에 가두어 버릴 거야!"

그러나 아들은 또 다시 약속을 어겼습니다. 아버지는 예고했던 대로 아들을 다락방에 가두었습니다. 그런데 그 날 밤은 유난히 눈보라가 몰아치고 기온이 뚝 떨어져서 대단히 추웠습니다. 다락방의 아들 생각에 부부는 잠을 이루지 못하고 뒤척였습니다. 그러다가 아내가 살그머니 일어나는 것을 보고 남편이 말했습니다.

"당신 마음은 아프겠지만 그 애를 지금 데려오면 그 애는 앞으로 부모의 말을 듣지 않을 거요."

아내가 다시 자리에 누웠습니다. 그러자 남편이 일어나면서 말했습니다.

"화장실에 다녀오리다."

남편은 화장실에 가는 척하면서 다락으로 올라갔습니다. 아들은 추운 다락방의 딱딱한 바닥에서 이불도 없이 웅크린 채 잠들어 있었습니다. 아버지는 그 옆에 누워 팔베개를 해주고 꼭 끌어안았습니다. 그렇게 겨울의 긴긴밤이 지나가고 있었습니다.

창문으로 쏟아지는 별빛은 포근한 품으로 안아주는 아버지의 따뜻한 사랑과 같았습니다. 아버지는 그렇게 가장 추운 곳에서 가장 따뜻한 사랑을 어린 아들에게 나누어 주었습니다.

다음 날 아침, 아버지의 참사랑을 안 아들의 눈에서는 뜨거운 눈물이 흘러내렸습니다.

부모님의 자식 사랑에는 끝이 없습니다. 지금 부모님은 자식들이 어디에서 밥이나 제대로 먹고 다니는지, 아픈 데는 없는지, 그런 걱정들로 마음이 편치 못합니다. 자식이 잘못을 저지르면 겉으로는 벌컥 화를 내지만 그 속에 담긴 사랑은 눈물을 흘립니다. 부모에게 있어 세상에서 가장 소중한 보배는 바로 자식들이기 때문입니다.

어느 철학자가 이런 말을 했다지요.

"이 세상에서 가장 강하고 큰 사랑은 부모가 자식에게 주는 사랑이다."

그러나 우리는 그런 부모님들의 깊은 사랑을 잘 알지 못합니다. 때문에 사소한 일로 부모님에게 고통을 주기도 합니다. 하지만 진정 자신을 낳아주고 길러준 부모님의 뜨거운 사랑을 안다면 그래선 안 되지요.

3일 동안만 본다면

아름다운 풍경을 볼 수 있다는 것, 사랑하는 사람의 얼굴을 볼 수 있다는 것.

이렇게 무엇을 볼 수 있다는 것이 얼마나 행복한 일인지 아시나요? 눈이 보이지 않는 경우를 가정하여 생각해보십시오. 그보다 더 슬픈 일은 없겠지요.

다음은 헬렌 켈러의 〈3일 동안만 볼 수 있다면〉이라는 글 중에서 한 대목입니다.

"만약 내가 이 세상을 사는 동안에 유일한 소망이 있다면 그 것은 죽기 전에 꼭 3일 동안만 눈을 뜨고 세상을 보는 것이다.

정말로 내가 눈을 뜨고 볼 수 있다면 나는 눈을 뜨는 그 첫 순간, 나를 이만큼 가르쳐 준 나의 선생님, 애니 설리번을 찾아가겠다. 지금까지 내가 손끝으로 만져서 알던 그의 인자한 모습과 얼굴, 그리고 그의 정숙한 몸가짐을 몇 시간이라도 자세히 보아 그 모습을 나의 마음속 깊이 간직해두겠다.

다음엔 나의 친구들을 찾아가 그들의 모습과 웃음을 기억하고, 그 다음엔 들로 산으로 산보를 나가겠다.

바람에 나풀거리는 아름다운 나뭇잎사귀들, 들에 피어 있는 예쁜 꽃들과 부드러운 풀들, 그리고 저녁이 되면 석양에 빛나는 아름다운 노을을 보고 싶다.

　다음 날 이른 새벽에는 먼동이 트는 장엄한 장면을 보고, 아침에는 메트로폴리탄에 있는 박물관, 오후에는 미술관, 그리고 저녁에는 보석 같은 밤하늘의 별들을 보면서 또 하루를 지내겠다.

　마지막 날에는 일찍 큰길가에 나가 거리를 오가는 사람들의 얼굴을 보고 싶다. 그러다 어느 덧 저녁이 되면 건물이 숲을 이루고 있는 도시 한복판으로 나와서 네온사인이 반짝이는 거리, 쇼윈도 위에 진열되어 있는 아름다운 상품들을 보고 난 후, 집에 돌아와 내가 다시 눈을 감아야 할 마지막 순간에는 비록 단 3일 동안만이라도 내가 세상을 볼 수 있게 해준 하나님께 감사의 기도를 드릴 것이다.”

　우리는 태어날 때 신으로부터 이 세상을 선물로 받았습니다. 푸른 하늘, 반짝이는 별, 맑은 공기는 모두 신께서 우리에게 주신 선물입니다. 이런 선물을 마음껏 보고, 만지고, 느낄 수 있다는 것이 얼마나 큰 행복인지……

대부분의 사람들은 이런 행복을 모르고 살아갑니다. 오히려 행복함보다는 불행하다는 생각에 사로잡혀 있습니다. 자신의 마음에서 욕심을 빼고 나면 불행보다는 행복의 요소가 더 많다는 것을 알게 될 것입니다.

어떻습니까?

당신도 자신이 불행하다고 생각하나요?

그렇다면 당신보다 더 힘든 상황에 처한 사람들을 생각하십시오. 주어진 환경에서 만족하며 작은 것에 감사할 때 행복을 느낄 수 있습니다.

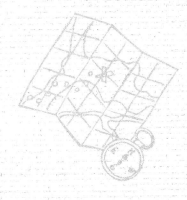

꽃씨 뿌리는 우체부

미국의 어느 작은 마을에 사는 델이라는 집배원의 이야기입니다. 그는 젊었을 때부터 매일 오십 마일 정도의 거리를 오가며 우편물을 배달해왔습니다.

어느 날, 마을로 이어진 길에서 먼지가 뿌옇게 이는 것을 본 델은 문득 이런 생각을 했습니다.

'비가 오고 바람이 불어도 매일 다녀야 하는 이 길이 이렇게 황량하기만 하다니…… 언제까지 저 흙먼지를 마셔야 한단 말인가?'

델은 생각 끝에 결론을 내렸습니다.

'어차피 나는 이 길을 매일같이 다녀야 한다. 그러니 이 길을 쾌적하게 가꾸는 일도 내가 해야 한다. 그래, 지금부터라도 이 길을 아름답게 가꾸자. 꽃씨를 뿌리는 거야.'

그는 다음날부터 주머니에 꽃씨를 가득 넣고 출근을 했습니다. 그리고 우편물을 배달하러 그 길을 오갈 때, 꽃씨를 뿌렸습니다. 그 일은 계절이 바뀔 때마다 계속되었습니다.

이렇게 여러 해가 지나자 그가 다닌 길 양쪽에는 다양한 색깔의 꽃들이 피어났습니다. 봄이면 봄꽃들이, 여름에는 여름꽃들이, 가을에는 가을꽃들이…… 이렇게 계절마다 핀 꽃들이 그가 지나가면 인사를 했습니다. 델이 오가는 길은 더 이상 삭

막하지 않았습니다.

 마을 사람들도 먼지만 풀풀 날렸던 그 거리가 예쁜 꽃들로
가득 찬 것을 보고 놀랐습니다. 그리고 자신들도 주머니에 꽃
씨를 넣고 다니며 뿌리기 시작했습니다.

 생각이 바뀌면 세상이 달라집니다. 대부분의 사람들은 그동안
해왔던 틀을 쉽게 벗어나지 못합니다. 그래서 항상 그 자리에 머물
러 있지요. 하지만 생각이 바뀌면 같은 일, 같은 조건이라도 더 능
률적이고 활기차집니다. 물론 사람과 사람 사이의 관계도 마찬가지
구요.

 우리는 관습 같은, 여태껏 고여 있던 낡은 생각은 과감히 버려
야 합니다. 묵은 걸로 가득 차 있는 그릇에는 새로운 것을 담을 수
없습니다. 빈 그릇에 음식을 담을 수 있듯이 낡은 생각을 버릴 때
새로운 생각을 해낼 수 있는 것입니다.

먼저 배푼다면

아브라함 링컨 대통령이 아침에 정원을 산책하고 있었습니다. 그 때 어린이 형제가 지나가다가 그에게 인사를 했습니다. 대통령은 주머니에서 다섯 개의 호두를 꺼내어 한 어린이에게 주면서 둘이 나누어 먹으라고 했습니다. 그러자 호두를 받아든 동생이 형에게는 두 개를 주고 자기가 세 개를 가지려 했습니다.

형이 말했습니다.

"야, 내가 형인데 세 개를 주어야지 왜 두 개를 주냐?"

동생은 지지 않고 자기가 대통령에게서 직접 받았으니까 옆에 그냥 있던 사람은 두 개를 받은 것만으로도 감사해야 한다고 말했습니다. 그런 모습을 대통령은 빙긋이 웃으며 보고 있었습니다. 뒤따라온 비서실장이 대통령에게 아이들이 왜 저렇게 다투느냐고 물었습니다.

대통령이 대답했습니다.

"세 개의 문제로 그런다네."

"세 개의 문제라니요? 무슨 말씀이십니까?"

"아니, 세 개의 문제를 모른다는 말인가? 온 세상 사람들이 이 세 개 때문에 싸우지 않는가? '나는 세 개! 너는 두 개!' 하고 말이야. 모두들 공평하게 가지면 되는데 무슨 조건을 붙여서라도 세 개가 자기 몫이라 주장하니까 싸우게 되지."

　그때서야 비서실장은 대통령의 말뜻을 알아듣고 고개를 끄덕였습니다.

　욕심이 지나치면 화를 부릅니다.

　인간사회에서 일어나는 대부분의 다툼은 상대방보다 더 가지려고 하는 데서 비롯됩니다. 친구, 연인, 가족 등 따지고 보면 모두 좋은 사이인데도 서로 양보하기보다 많이 가지려고 하기 때문에 불협화음이 생기는 것이지요.

　우리 한번 조용히 생각해봅시다.

　우리가 그러한 입장에 놓였을 때 상대방이 더 많이 가지게 하면 어떨까요? 하나 주었으니 하나를 기대하는 욕심을 버린다면 어떨까요?

　먼저 더 가지려고 하지 말고 먼저 베풉시다. 먼저 베푼다면 어떤 관계에서도 따뜻한 웃음꽃이 피겠지요. 세상의 모든 문제는 배려와 이해, 사랑이면 다 해결됩니다.

감동을 주는 사람

세계적인 바이올린 연주가인 프리츠 크라이슬러가 여행을 하던 중 어느 악기점에서 마음에 꼭 드는 바이올린 하나를 발견했습니다. 하지만 그는 돈이 없어서 그것을 살 수가 없었습니다. 얼마 후 그는 돈을 장만해서 그 악기점을 다시 찾아갔습니다.

그러나 유감스럽게도 악기는 한 수집가에게 이미 팔리고 없었습니다. 크라이슬러는 수집가를 찾아가 그 바이올린을 팔라고 간청했습니다. 그러나 그 수집가는 한 마디로 거절했습니다. 실망한 크라이슬러는 수집가에게 한 가지 제안을 했습니다.

"정히 그러시다면 제게 그 바이올린을 한 번만 연주할 기회를 주시지 않겠습니까?"

수집가는 허락하였고, 크라이슬러는 심금을 울리는 선율을 방안 가득히 채웠습니다.

연주가 끝나자 수집가가 말했습니다.

"크라이슬러 씨! 그 악기는 내게서보다 당신에게 있을 때 더 높은 가치를 발휘하는군요. 이제 그 악기는 당신의 것입니다. 가지고 가서서 여러 사람을 즐겁게 해주십시오."

　　세상에 돈이면 뭐든 다 된다고 하지만 그렇지 않은 것도 있습니다. 사람의 마음도 그 중에 하나입니다. 가식이나 어떤 대가를 바라는 타산적 생각으로는 다른 사람의 마음을 얻을 수 없습니다. 오직 진실한 마음만이 감동을 줄 수 있고, 또 얻을 수 있습니다.

　　사람들에게 진실한 마음으로 다가가십시오. 그리고 감동을 주는 사람이 되십시오. 다른 사람들에게 감동을 줄 때 그 감동은 기쁨이 되어 돌아옵니다. 세상에서 가장 행복한 사람은 다른 사람의 마음을 얻은 사람이 아닐까요.

행복의 창

우리 주위에는 두 부류의 사람이 있습니다.

한 부류는 상대에게 무언가를 기대하며 자신의 것을 주는 사람입니다. 또 한 부류는 아무 기대 없이 자신의 것을 그냥 주는 사람이지요.

여러분들은 어떤 사람에게 마음이 더 가겠습니까? 그렇습니다. 진정 나눔의 의미를 아는 두 번째의 사람입니다. 자신의 것을 기꺼이 베풀 줄 아는 사람. 이런 사람이야말로 천사와 같은 사람입니다.

아래 이야기는 〈빙점〉이라는 유명한 소설을 남긴 일본의 미우라 아야꼬 여사의 젊은 시절의 일화입니다.

한 가정주부가 남편의 수입이 적기 때문에 가계에 작은 보탬이라도 될까 하여 동네에 구멍가게를 냈습니다. 그런데 이 구멍가게의 주인이 물건을 정직하고 친절하게 판다는 소문이 퍼지면서 손님이 점점 많아졌고, 급기야 물건이 달려 트럭으로 물건을 들여놓으며 하루 종일 정신없이 팔아야 될 지경에 이르렀습니다.

그녀의 남편이 바쁘게 장사를 하고 있는 부인에게 말했습니다.

"우리 동네의 다른 가게들은 이제 손님이 거의 없대. 저 건너편 가게는 아예 문을 닫으려 한다더군."

그 말을 들은 부인은 그 때부터 물건을 트럭으로 주문하는 것을 삼갔습니다. 또 파는 물건의 종류도 줄였습니다. 그리고 손님들이 찾아오면 이렇게 말했습니다.

"죄송합니다. 우리 가게에는 그 물건이 없네요. 건너편 가게에 가시면 살 수 있을 텐데요."

그렇게 해서 바쁜 일상에서 벗어나 시간이 많아진 부인은 좋아하던 독서도 즐기고, 틈틈이 글도 썼습니다.

사람은 상대를 배려하고 정을 나눌 때 행복의 문이 열립니다. 그러니까 행복할 자격이 있는 사람은 바로 이렇게 인심이 넉넉한 사람입니다.

칼 힐티는 행복에 대해 이렇게 말했습니다.

"사람의 행복이란 세 가지다. 첫째는 서로 그리워하는 것이며, 둘째는 서로 마주 보는 것이고, 셋째는 상대편에게 자신을 주는 것이다."

행복은 진솔한 마음으로 자신을 내어줄 때 진정 따스한 햇살처럼 퍼집니다. 당신도 행복하게 살길 원하지요? 그렇다면 받기보다는 주는 것에 익숙해지십시오.

나를 믿어주는 사람이 있다는 것은

세계적인 소프라노 가수가 오랜 해외공연을 마치고 귀국해 독창회를 열기로 했습니다.

많은 팬들은 그의 금의환향을 반가워하며 소문으로만 듣던 그의 목소리를 듣기 위해 극장으로 몰려들었습니다. 그런데 막상 공연을 알리는 벨이 울리자 사회자가 사색이 되어 뛰어나와 당황한 목소리로 말했습니다.

"이 자리를 찾아주신 청중 여러분, 대단히 죄송합니다. 여러분들이 기다리는 가수가 비행기의 연착으로 좀 늦어지고 있습니다. 그래서 그가 도착할 때까지 우리나라에서 촉망받는 신인 가수 한 분이 나와 노래를 대신 들려드리겠습니다. 정말 죄송합니다. 너그러이 양해해주시기 바랍니다."

청중들은 매우 실망했습니다. 고대하던 가수가 어쩌면 아주 못 올지도 모른다는 생각에 장내는 아쉬움과 배신감으로 금세 얼어붙었습니다.

잠시 후, 사회자가 소개한 신인 가수가 무대에 나타났습니다. 그는 예절 바르게 인사를 했지만 청중들은 본 체도 하지 않았습니다. 이렇듯 냉랭한 분위기였지만 그는 최선을 다해서 정성스레 노래를 불렀습니다. 그러나 노래가 끝난 후, 박수를 치는 사람은 아무도 없었습니다.

그때였습니다. 갑자기 극장의 2층 출입구에서 한 아이가 큰 소리로 외쳤습니다.

"와! 정말 최고로 노래를 잘 하네요. 아빠! 그렇죠?"

그 말을 들은 젊은 가수는 조용히 미소를 지으며 그 아이를 바라보았습니다. 그때 그의 눈에는 눈물이 그렁그렁 고여 마침 비껴가는 조명에 반짝! 빛났습니다.

몇 초가 지났을까, 얼음처럼 차가웠던 청중들의 얼굴에 활짝 미소가 퍼지기 시작했습니다. 그들은 자신도 모르게 하나 둘 자리에서 일어섰습니다. 그리고 곧 우레와 같은 박수갈채를 극장 안이 넘치도록 오랫동안 보냈습니다.

그 젊은이는 훗날 세계적으로 명성을 날렸던 이탈리아의 테너 성악가 루치아노 파바로티였습니다.

많은 사람들이 나를 알아주지 않으면 어떻습니까? 많은 사람들이 나를 향해 박수갈채를 보내지 않은들 어떻습니까? 단 한 사람, 사랑하는 사람이 나를 알아주고, 박수갈채를 보내주면 그것만으로도 충분히 행복할 것입니다. 그리고 꾸준히 노력하면 영광의 날이 옵니다.

그러나 대부분의 사람들은 성급하게 많은 사람들로부터 인정을 받고 싶어 합니다.

많은 사람들이 자신을 향해 박수갈채를 보내길 바라고, 자신의 이름을 언제까지나 기억해주길 원합니다. 그러나 많은 사람들보다도 자신을 알아주고 믿어주는 한 사람의 마음이 더욱 소중한 것입니다.

겨울이 지나고 봄이 오듯이

1999년 8월 17일, 아시아와 유럽을 연결하는 터키 땅에서 요란한 굉음이 울렸습니다. 눈 깜짝할 사이에 만 명에 가까운 사람이 죽는 터키 역사상 가장 큰 지진이 발생한 것입니다. 건물 곳곳이 붕괴되어 그 속에 갇힌 사람들의 비명소리가 가슴을 찢었습니다. 사람들은 갑자기 닥친 재앙에 넋을 잃고 있었습니다.

터키의 사파자 지방도 그런 대참사를 겪은 곳 중의 하나였습니다. 그런데 사람들의 신음소리가 가득한 천막 속에서 한 노인이 힘들게 우유통을 들고 다니며 이렇게 소리쳤습니다.

"우유요! 우유. 우유 마시고 싶은 아이들은 누구든지……"

그때 노인의 말이 채 끝내기도 전에 한 젊은 남자가 다가오더니 성이 잔뜩 난 얼굴로 소리를 질렀습니다.

"당신, 지금 정신이 있는 거요? 모두들 다쳐 안 그래도 죽을 맛인 사람들을 상대로 돈을 벌겠다는 거요? 그런 생각이라면 얼른 딴 데로 가보쇼. 여기 있는 사람들은 한가하게 우유나 마시고 있을 시간도 없고 돈도 없소이다."

젊은이의 말을 들은 노인은 두 눈 가득 눈물을 글썽이며 목이 메어 말했습니다.

"나는 이번 지진에 손자를 넷이나 잃었어요. 그래서 그 애들이 마시던 우유를 지금 잘 먹지 못하는 다른 애들에게 나눠 주고 싶었던 것뿐이었소. 내가 잘못한 거요?"

노인의 얘기에 젊은이는 노인을 부둥켜안고 울면서 잘못했다고 사과했습니다.

세상은 바다와도 같아 항상 잔잔한 물결만일 수는 없습니다. 때로는 집채보다 높은 파도가 몰려오기도 하고, 거센 비바람에 고통을 당할 때도 있습니다. 그런 중에도 자신에게 닥친 시련을 기꺼이 받아들이는 사람은 진정 삶의 의미를 아는 사람입니다.

파사 그레이스는 인생에 대해 이렇게 말했습니다.

"만약 우리가 인생의 모든 것, 특히 시련까지도 선물로 받아들인다면 우리의 영혼은 더없이 풍요로울 것이다."

시련을 증오하거나 두려워해선 안 됩니다. 추운 겨울이 지나고 봄이 오듯이 시련 뒤에는 더 깊은 기쁨과 새로운 기회가 찾아옵니다.

사랑한다는 사실 속에서

나이아가라 폭포에는 이런 전설이 있습니다.

폭포 근처에 사는 인디언들은 달빛이 환한 밤에 폭포의 안개 속으로 떠오르는 무지개를 보고 신이 나타나는 것이라고 생각했습니다. 그래서 해마다 폭포의 신에게 예쁜 소녀를 제물로 바쳤습니다.

그들은 제물을 바칠 때가 되면 마을에서 소녀를 뽑아 홀로 배에 태워서 폭포로 흘러내려 떨어지게 했습니다.

한번은 추장의 외동딸이 제물로 선택되었습니다.

부인이 죽은 후 오직 하나밖에 없는 딸에게 모든 정성과 사랑을 쏟아 온 추장에게 그것은 크나큰 슬픔이 아닐 수 없었습니다. 그러나 추장의 얼굴은 여전히 근엄한 표정이었습니다. 마을 사람들은 그의 표정이 너무 엄숙하였기에 그의 심장이 에이는 아픔이 있음을 몰랐습니다.

드디어 제물을 신에게 바칠 날이 다가왔습니다. 꽃으로 장식된 배에는 어김없이 추장의 딸이 실려졌습니다. 그 때까지 자신의 운명을 모르고 있던 추장의 어린 딸은 아빠를 찾았지만 보이지 않았습니다. 소녀는 공포에 떨며 울음을 터뜨렸습니다.

시간이 되자 배는 천천히 폭포를 향해 미끄러져 갔습니다.

이때 수풀 속에 숨어 있던 한 사람이 배를 저어 소녀 쪽으로 다가갔습니다. 바로 소녀의 아버지, 추장이었습니다.

그는 조심조심 소녀의 배 가까이로 다가 갔습니다. 그리고 딸을 부둥켜안고 엄청난 폭포의 물결에 휩쓸려 떨어졌습니다. 추장은 아버지로써 사랑하는 딸이 죽는 순간의 공포를 잊게 해주고자 했던 것입니다. 그는 그렇게 최후의 순간에 딸에게 든든한 믿음이 되어주었습니다.

누군가를 진정으로 사랑하고자 한다면 그는 자신이 먼저 강한 사람이 되어야 합니다. 사랑은 어떠한 시련에도 결코 두려워하거나 나약해져서는 안 됩니다. 사랑은 깜깜한 밤길을 밝혀주는 횃불과도 같아야 합니다. 자신이 용기가 없는 사람이라고 생각되면 사랑을 하십시오. 사랑을 하기 시작하면 강한 용기를 얻게 됩니다.

세상에서 가장 강한 사람은 지금 누군가를 사랑하고 있는 사람 입니다.

사랑, 미래의 자신을 위한 보험

"꼭 기억하십시오. 졸지 말아야 당신의 목숨을 건질 수 있습니다. 그러니 무조건 계속 걸으십시오."

알프스 산의 제일봉으로 올라가는 지점에 도착했을 때, 안내원은 청년에게 신신당부를 했습니다.

"염려 마시오. 지금까지 많은 등산을 한 나입니다. 이번에도 이 산을 정복할 것이고, 저도 안전할 겁니다."

말을 마친 청년은 자신만만하게 걸음을 옮겼습니다. 그러나 청년의 등산 시간은 예상했던 것보다 훨씬 많이 걸렸습니다. 마침내 지친 청년은 비틀거리기 시작했으며, 결국 길을 잃고 말았습니다.

주위는 점점 어두워지고 찬바람은 계속해서 무섭게 불어왔습니다. 쉴 수 있는 텐트가 있는 곳까지는 아직도 5마일이나 남아 있었습니다.

청년은 온몸이 얼고 다리의 근육이 마비되어 더 이상 걸을 수가 없을 지경이었습니다. 그리고 무엇보다도 밀려오는 졸음을 이겨내기가 힘들었습니다. 그는 졸음을 쫓기 위해 필사적으로 버티었으나 허사였습니다.

그는 극도로 지쳐 가까운 곳에 있는 큰 바위 밑에서 잠시만이라도 쉬려고 했습니다. 그래서 그가 다가간 그곳에는 한 사람이 의식을 잃고 쓰러져 있었습니다. 그 사람의 숨소리가 약한 것으로 보아 당장 무슨 조치를 취하지 않으면 안될 만큼 위급해 보였습니다.

청년은 잠시 망설였습니다. 제 한 몸 움직이기도 어려운 판국에 건장한 남자를 업고 걷는다는 건 대단히 위험한 일이었습니다. 그러나 죽어 가는 사람을 보고 그냥 놓아두면 안 된다고 생각했습니다.

청년은 죽을 힘을 다하여 그를 업고 산을 내려 왔습니다. 다행히 그의 박애정신과 노력이 헛되지 않아 그 사람은 살아났습니다.

청년은 자신이 구한 사람이 목숨을 건지는 것을 확인하면서 한 가지 중요한 사실에 대해 생각이 미쳤습니다. 즉, 만일 그 사람이 그 바위 밑에 없어 자신이 그곳에서 잠들었더라면 자신은 이미 이 세상 사람이 아닐 것이라는 사실이었습니다.

타인의 목숨을 소중히 여긴 청년의 정신이 자신의 목숨까지 구했던 것입니다.

우리는 가끔 다른 사람을 도와줌으로 인해 자신이 뜻하지 않은 행운을 얻게 되는 경우를 봅니다.

선뜻 남을 도와주기란 쉽지 않습니다. 누군가를 도와주려면 자신의 희생이 있어야 가능하기 때문입니다. 하지만 시간이 흐른 뒤에 알 수 있습니다. 결국 남을 돕는 것이 자기 자신을 돕는다는 것을.

어려운 사람을 보고 외면하지 말아야 합니다. 그들이 절실하게 필요로 하는 것은 재물이 아니라 당신의 따뜻한 손길입니다. 어려운 순간에 돌봐주는 것이 진정한 사랑입니다.

사람은 살아가는 중에 어떤 곤경에 봉착하게 될지 아무도 알지 못합니다. 때문에 어려운 누군가를 도와주는 일은 바로 자신을 위한 보험에 드는 것과 같습니다.

사랑은 베풀면 베풀수록 그 대가는 자신에게 되돌아오는 것입니다.

미움을 이기는 사랑

미국 뉴올리언스에서 말가리다 라는 부인이 고아원을 경영하고 있었습니다. 그 지방은 영세한 흑인이 많은 탓인지 좀처럼 기부금이 모여지질 않아 갈수록 고아원 경영이 힘들어졌습니다. 연말과 크리스마스가 닥쳐오자 말가리다 부인은 가만히 앉아 있을 수가 없었습니다. 그녀는 어떻게든지 선물을 마련해 아이들의 마음을 기쁘게 해주고 싶었습니다.

부인은 거리에 나가 모금을 하기 위하여 검은 옷을 입었습니다. 그리고 연말의 들뜬 분위기에 젖어 흥청거리는 술집으로 들어갔습니다. 그리고 조용히 테이블 사이를 돌면서 부드러운 미소와 겸손한 태도로 사람들에게 자선을 베풀라고 권유했습니다.

얼굴을 돌리는 사람, 마지못해 돈을 주는 사람, 다양한 사람들 중에 갑자기 한 주정뱅이의 거친 목소리가 들렸습니다.

"시끄러워! 남 술 마시는데 분위기 깨지 말고 어서 꺼져!"

그러면서 그는 느닷없이 자기가 갖고 있던 맥주 컵을 부인의 얼굴에 던졌습니다.

"앗!"

몸을 피할 사이도 없이 컵은 부인의 얼굴을 때리며 박살났고, 부인의 얼굴은 유리조각에 찢겨 피가 났습니다. 술집

안의 손님들은 모두 깜짝 놀라 숨을 죽인 채 부인을 지켜보고 있었습니다.

부인은 천천히 손수건을 꺼내서 얼굴의 상처를 닦았습니다. 그리고 산산이 부서진 컵의 유리조각 하나하나를 주워서는 두 손으로 받쳐 들고 말했습니다.

"고맙습니다. 이 컵은 저에게 주시는 선물로 알고 감사히 받겠습니다. 그런데 우리 고아원의 아이들에게는 어떤 선물을 주지요?"

그러자 모두들 아무런 말도 하지 못하고 한동안 침묵이 흘렀습니다. 그때 한 신사가 일어나서 모자를 벗고 정중하게 부인의 앞으로 다가갔습니다. 그는 언제 준비했는지 속주머니에서 봉투를 하나 꺼내 부인 앞에 내밀면서 말했습니다.

"얼마 되지는 않지만 아이들에게 도움이 된다면 저 역시 기쁘겠습니다."

그 광경을 바라보던 다른 사람들도 앞을 다투어 돈을 내놓았습니다. 그렇게 작은 소란이 있은 뒤, 부인은 조금 전의 그 주정뱅이 테이블을 지나다가 깜짝 놀랐습니다. 그 주정뱅이 테이블 위에는 작은 메모지와 함께 그의 지갑이 놓여 있었습니다. 메모지에는 '미안합니다. 이 돈을 불쌍한 고아들에게……'라고 쓰여 있었습니다.

그렇습니다. 사랑은 폭력보다 강하고, 원수까지도 감동시킬 수 있습니다.

따뜻한 봄의 햇살이 꽁꽁 언 얼음을 녹입니다. 마찬가지로 사랑은 모든 미워하는 감정을 녹입니다. 아무리 악한 사람일지라도 사랑 앞에서 조차 악해지지는 않습니다.

어느 종교에서나 '서로 사랑하라.'고 말합니다.

사랑이야말로 서로의 마음을 하나로 묶어주고 잘못을 바로 잡아주는 끈이요, 질책과도 같은 것입니다.

미움을 미움으로 이길 수는 없습니다. 오직 사랑만이 변화시킬 수 있습니다. 주위에 당신의 마음에 들지 않거나 미운 사람이 있다면 사랑으로 다가 가십시오. 당신이 진정 사랑으로 감싸 안는다면 그 사람의 마음도 눈처럼 녹을 것입니다.

이 세상을 가장 지혜롭게 사는 방법은 모두를 사랑하는 것입니다.

약속

2001년 8월, 〈동아일보〉에는 사업차 미국을 방문한 한 한국인이 겪은 이야기가 실려 있습니다.

그는 위스콘신 주 그린베이 공항에서 시카고로 가는 비행기를 탈 예정이었습니다. 그런데 항공사 직원이 다가오더니 정중하게 사과했습니다.

"죄송합니다. 비행기 결함으로 손님께서 예약하신 유나이티드 에어라인 5시 10분 비행기는 운항을 할 수 없게 되었습니다. 그러니 특별히 편성한 비행기나 아니면 7시 30분에 출발하는 비행기를 기다리셔야 하겠습니다."

그를 제외하고도 20여 명의 승객이 더 있었는데, 그들은 하나씩 계획을 취소하거나 다른 항공사 비행기로 그곳을 떠났습니다. 그러나 그는 달리 뾰족한 방법이 없어 다음 비행기를 기다리기로 하고 대기실에 남아 있었습니다.

그런데 7시쯤 되자 항공사의 직원이 다가와 말했습니다.

"많이 늦긴 했지만 손님과의 약속을 지키기 위해 지금 시카고로 출발할 테니 탑승 준비를 하십시오."

그는 30분만 기다리면 다음 비행기를 탈 텐데 이게 무슨 영문인가 하며 그 직원을 따라 갔습니다. 그가 트랩을 오르자 조종사와 승무원들이 뜨거운 박수를 보내며 환영했습니다. 그리고 믿기지 않는 안내 방송이 흘러나왔습니다.

"이 비행기는 지금 당신만을 위한 전용 비행기이니 앉고 싶은 자리에 앉아서 편안한 여행을 즐기십시오."

그 항공사는 단 한 명의 승객을 위해 다른 곳에 있던 항공기를 급히 가져온 것이었습니다. 단골 고객도 아니고, 미국 국민도 아닌 그에게 항공사의 조치는 정말 놀라웠습니다.

그는 약속을 지키는 것이 무엇인지 확실하게 배웠고, 평생 잊을 수 없을 거라고 말했습니다.

약속은 사람과 사람 사이에 놓인 다리와 같습니다.

그런데 사람들 중에는 약속을 너무나 쉽게 어기는 사람이 있습니다. 그런 사람은 강을 건너려는 사람을 두고 다리를 부셔버리는 사람과 다름 아닙니다. 약속은 아무리 사소한 것일지라도 반드시 지켜야 합니다. 나를 믿어주는 그 사람에 대한 예의이기 때문입니다. 만일 지키지 못할 약속이라면 하지 않아야 합니다. 약속을 해놓고 지키지 못하면 상대방에게 상처를 줄 뿐 아니라 자신에 대한 믿음까지도 잃어버리게 됩니다.

명심하십시오.

신뢰를 얻는 데는 많은 시간이 걸리지만 그 신뢰를 잃어버리는 데는 순간의 시간밖에 걸리지 않는다는 것을….

잠을 깬 사람에겐 밤이 짧고,
피곤한 사람에겐 십 리 길이 멀고,
참 된 이치를 모르는 사람에겐 인생이 길다.
― 몽테뉴

너와 함께여서 행복하다…

삶이 나에게 주는
행복여행

2010년 7월 9일 초판 1쇄 인쇄
2010년 7월 15일 초판 1쇄 발행
2011년 9월 22일 2쇄 발행

지은이 김태광
펴낸이 임종관
펴낸곳 미래북
신고번호 제 302-2003-000326호
주소 서울특별시 용산구 효창동 5-421호
전화 02-738-1227
팩스 02-738-1228
이메일 miraebook@hotmail.com
디자인 페이퍼마임
ISBN 978-89-92289-29-0 (03810)